U0138566

AQUARIUS

AQUARIUS

AQUARIUS

AQUARIUS

每個人心中都有一座島嶼，
藉文字呼息而靜謐，
Island，我們心靈的岸。

The Dead Heart 死亡之心

(Douglas Kennedy)
道格拉斯・甘迺迪｜著　葉佳怡｜譯

【書評】

國內外名家傾心推薦！好評不斷！

到處鬼混的廢咖記者從美國逃到了澳洲，再從城市逃進了「死亡之心」，在胡搞瞎搞中把自己的生命變成驚悚片或恐怖片。這本小說令我想到逃脫大師胡迪尼：不斷脫逃的人生總像魔術把你導向另一種換檔的生活。——**黃崇凱（小說家）**

放下一切的豪氣出走，竟意外把自己逼上萬劫不復的道路?!儘管處境無比悽慘，但作者總能在荒謬到不行的狀況裡以一種超然的風涼話描述，字字珠璣絕妙。

很久沒有這種讀書時一直想拿螢光筆出來劃的衝動了，作者機敏又機車，黑色幽默一流，我決定要把他的每本書都看過。——**小鳥茵（知名部落客）**

作者以細膩的文字描述澳洲生活體驗，閱讀此書時，憶起我在澳洲打工度假的日子，讓旅途中的我一心想閱讀它；看著書中主角從追尋自由到流亡、逃離，經歷一番體驗，才從中正視內心自我，領悟生活道理。

未知的旅程，往往越是能創造些什麼，激發潛能所在，同時，也從中有所獲得。——**Belle莊蕙如（《狠繪玩澳洲》作者、旅行繪畫家、「Belle繪圖遊記」粉絲專頁版主）**

《死亡之心》書中描述的部份場景我也曾去過，當初前往澳洲就是嚮往無人的大自然地帶，看過之後也勾起當年在澳洲打工度假的回憶。——**James Chen（「澳洲打工渡假」粉絲專頁版主）**

一部混合了瘋狂喜劇和驚悚成份的好看小說！如果你計劃去澳洲旅行、觀光、遊學……不管你要去澳洲做什麼，千萬記得，別把這本《死亡之心》帶上飛機，否則，你絕不會願意下飛機！——**《倫敦標準晚報》**

讓人心驚膽跳！整個故事以一種完美的節奏行進，把我們帶到另一個令人難以想像的不毛之地！——**《君子雜誌》**

不凡之作。道格拉斯．甘迺迪寫出了一個想要追求自由卻差點送命的變調人生。這其中處處幽默，卻也透露強烈的警世意味。一本值得一再品味的精采之作！——**《愛爾蘭週日獨立報》**

我太愛這本小說了！它真的把我嚇壞了，讓我一反近幾年的習慣，竟在週末夜晚不肯獨處，堅持外出與一票朋友共處。——**《IT雜誌》**

「在陌生環境中，孤獨之人自然會恐懼。」

——取自莫里斯．唐里維（**Maurice Dunleavy**）所著之《活下去》（***Stay Alive***），一本由澳洲政府出版的內陸求生指南。

第一部

1

我從來沒有看過這麼多刺青。在這個名叫達爾文的城市裡，每個人都有刺青，酒吧中更是人人都有——就連在臨時舞台上跳舞的脫衣舞孃，都在炫耀自己左邊屁股上的紅紋蝶。

乍看之下，她的年齡約三十左右，身形很瘦，體重大約四十五公斤，平胸，腳像枝條一樣細。她看起來生活中嚴重缺愛，說不定就是因為她所從事的工作：讓一群有害的野人偷看她的屁股。

我走進來的時候，演出剛好開始。這地方像個陰暗的大洞穴。吧檯後面排了一系列把手很大的鋼製冰箱門——你在停屍間也會看到同類的門。每扇門後方都是一個六英尺深的冰櫃，塞滿了一罐罐啤酒。所有吧檯人員只會問你一個問題：「來杯酒嗎？」因為這個爛地方只提供啤酒。

吧檯的正對面，一塊夾板橫搭在兩個茶箱上。此時從音響中大聲爆出「海灘男孩」的歌曲〈Fun, Fun, Fun〉，雖然音質很差，但脫衣舞孃還是隨著音樂跳上夾板舞台。她穿得像是一位沒品味的家庭主婦，此時正打算在海灘上享受玩樂的一日：比基尼、寬邊草帽、深色太陽眼鏡和一顆海灘球。她把海灘球當作某種暖身的道具，為了和擠在平台周遭的大肚男建立關係，還把球丟向這群小小的人海。不過群眾只是把球丟回去，大吼著要她趕快辦正事。她的臉立刻緊繃起來，拉出一道「上你自己吧」的冷笑，然後摘掉帽子、扯下太陽眼鏡、甩脫比基尼的上截與下截，最後躺下來做了好幾個開腿動作。群眾開始滿意地嚎叫。

坐在我旁邊的傢伙用手肘頂頂我。

「知道她讓我想到啥嗎？」他說。「聖安地列斯斷層。」

「是唷。」我注意到他的二頭肌上爬了一隻毛毛的蜘蛛刺青，然後開始往吧檯前的另一張凳子移動，但男人已經伸出了手。

「傑瑞．華茲，」他看起來是個怪胎，金髮平頭，暴牙，鬍鬚稀疏，手臂上還有那個該死的刺青。我不太情願地握住他伸出來的手。

「尼克．霍松。」

「你跟我來自同一個世界呀，朋友。」

「是呀，是個美國佬。」

「哪一州？」

「緬因。」

「去他媽的『緬因狂人』，嗯？」

「差不多吧。」

「我呢，我來自汽車城。底特律。軍船把我運到這兒來之前，駐紮在阿拉巴馬。你也是軍人？」

「不是耶。平民。」

「那你在這兒混啥？我在達爾文遇到的美國佬都是軍人。」

「我只是路過。」

「打算去哪？」

「南方。」

「南方？廢話。你從達爾文除了往南還能怎樣。這就是此區最北的地方了。你打算去哪？」

「不確定。或許去伯斯吧。」

「伯斯？或許？你知道伯斯離這裡多遠嗎？」

「大概兩千英里。」

「天殺的就是兩千英里。你還知道從這裡到伯斯之間有什麼嗎？什麼都沒有！我可是認真的。每開車四小時可以找到一間廁所啦，就這樣。你曾經開過那條路嗎？」

我搖頭。

「那麼，希望你對怪裡怪氣的事情有興趣，因為會遇上不少。而且怪異的程度只會不停地登峰造極。相信我。我很懂。」

「你似乎什麼都知道不少。」

「我想是吧，沒錯。當然啦，我只去過一次，去年演習的時候。但我老實告訴你……我這輩子沒看過這麼『空虛』的地方……酒保，來兩杯冰的……」

「我真的不該……」

「你有急著去哪兒嗎？」

「也不算……只是……我昨天晚上才到這裡，還有點時差，本來就只是打算喝點啤酒緩緩。」

「老天，再來一兩杯啤酒死不了人啦。」

舞台上的脫衣舞孃現在背對群眾，蹲下後雙手雙腳著地，然後用頭倒立。群眾自動爆出一陣掌聲。

「這才是我所謂的『觀光景點』，」傑瑞．華茲說。「但我要是她老爸，會把她再養肥一點。她實在太乾了，看起來不太舒服。懂我意思吧。」

我盯著自己那罐Export啤酒，什麼也沒說。

「結婚了嗎？尼克。」

「還沒。」

「從來沒試過嗎？」

「從來沒有。」

「我之前有兩次都差點結婚了。一次是十七歲，另一次是二十一歲。我的駐地在日本沖繩，還有一個可愛的菲律賓女友。名字是瑪米。我正考慮和瑪米結婚——不過每次來達爾文，我都想著該替自己找個澳洲女人，因為她們是地球上最美麗又最難搞的生物。你有搞過嗎？」

「說實話，沒有。」

「沒搞過澳洲女人、沒結婚……天呀，你還真是過著隱士的生活。」

「看來是這樣。」

「有工作嗎？」

「正在找。」

「做什麼的？」

「記者。」

「沒蓋我？」

「沒蓋你。」

「所以現在在做什麼？」

「就是到處旅遊。」

「所以才會跑到這裡來？」

「沒錯。」

「那，你還真是把自己搞到一個瘋狂的好地方啦。」

「真的？」

「告訴你，達爾文最棒了。海灘讚，酒吧讚，賭場讚，還有很多漂亮美眉可以玩。」

脫衣舞孃此刻站在舞台邊緣，正從一位只有三顆牙和發炎紅眼睛的老頭手上扯下一張十元鈔票。因為這張鈔票，老爺爺可以用臉快速摩擦一下這位小姐的禁忌之地。問題是，他才剛要享受，一股想打噴嚏的強烈欲望襲來，濕答答的鼻涕全噴在脫衣舞孃身上。

「大蠢貨，」她尖叫著衝進自己的更衣室。

「妳去哪？」老爺爺在後面跟著大喊。「我的錢花得還不值呀！」

群眾都很享受這一幕。尤其是傑瑞．華茲。

「天呀，我愛死這個小鎮了，」他轉身面向剛認識的新夥伴。

但我已經快要走到出口了。

2

天氣好熱。煉獄般的熱。就連午夜都還有攝氏四十度那麼熱。在街上走路就像潛入一大桶棉花糖：缺氧、身邊一切都像凝固的漿糊。我想轉身衝回有冷氣的酒吧，但不免又想到傑瑞．華茲會拿著一杯啤酒再次逼近，然後跟我分享一堆有關人生或「寶貝」的弱智想法：**找了一個可愛的菲律賓女孩作女友。名字是瑪米**。你會成功的，夥伴。等到傑瑞講完「我所知道的無聊小事」之後，那位老爺爺大概又會推著輪椅出現，打算觀賞下一位脫衣舞孃一模一樣的演出……

去他媽的熱天氣。我決定繼續走。

午夜的達爾文。醉漢穿著卡其短褲在街上歪倒跛行。四位原住民赤腳坐在人行道上，輪流傳遞一瓶邦德堡蘭姆酒。偶爾會有「婦女之夜」的成員——全部穿熱褲，嘴唇蒼白乾裂——在一晚十二元❶的旅館陰影處等待下一場玩樂。時不時地，你還會撞見一群足以誘人犯罪的當地姊妹會成員，她們未成年，卻喝了至少八杯以上的蘭姆酒加可樂，現在正把午餐吐到垃圾箱中。

天呀，我愛死這個小鎮了。我恨死了。一看到就恨。我昨天早上才到這裡，當時可是坐了三十六小時的飛機，一路經過加爾各答、倫敦、波士頓才抵達這裡。在一間便宜的汽車旅館入住後，我問櫃檯職員：鬧區要往哪個方向走？

「你已經在鬧區了，」他說。

達爾文的「鬧區」只有幾棟象徵性的大樓，一大堆廉價的建築，只能用來擋風，其中一棟最能擋風的被改建成水泥購物中心。原本的老建築在一九七四年聖誕節全部消失，因為被一場令人難忘的颶風吹倒了，所以現在能看到的建築都是新的，不過帶點過渡期的華而不實感，沾染了現代建築那種討價還價的氣味。你在天空中揮霍了一天半究竟是為了什麼？就為了降落在一個亞熱帶的郊區，然後看露奶秀？就為了白天水銀彈般的攝氏四十九度到了午夜至少會降到將近四十度？不過確實，達爾文到了夜晚才會顯現出瘋狂的一面。到了夜晚，整座城市便屬於傑瑞・華茲、老爺爺，和……

「想找點樂子嗎，朋友？」

❶指「澳幣」。一元澳幣約為二十七元台幣。

某個人的聲音從暗處傳來。我一直走，但那聲音仍跟了過來。「我在問你，想找點樂子嗎？」

我轉身。他從我身後的一輛破爛老霍頓車後走出，是個跟欄杆一樣細瘦的孩子，大約二十一歲。長髮黏黏的，T恤袖口上捲了一包菸，眼球和冰塊一樣清透，讓人不禁懷疑他的前額葉是否被改造了。那是一雙散發出危險氣息的眼睛。

「我問了問題，你至少該死的回答一下吧，」那個小鬼說。「想要個女孩嗎？」

一名一百多公斤的女人擠在老霍頓車的前座，正在用照後鏡補唇膏，嘴上的香菸噴出煙霧，三層下巴正在滲出油脂。看來她的皮條客可以用「等於和兩個人舒適同睡」來行銷她。

「要她嗎？」那個小鬼又問了一次。

「不。謝了，」我說。

「我告訴你，她很棒。她真的很棒。我『知道』她很棒。她是我太太。」

我轉身，加快腳步，那小鬼開始在身後大吼。「去他媽的美國佬……去他媽的美國基佬……」

這真是用來結束達爾文完美夜晚的完美方式。

只要跨過兩個街區就可以回到汽車旅館。我慢跑到汽車旅館的前廣場，再次轉身，好確定那個小鬼沒有帶著簡直可上怪胎秀的太太追過來，然後才躲躲藏藏地走回自己租的小房間。我的小房間旁邊是一座游泳池，特色是剝落的油漆和骯髒的水。我在身上到處找鑰匙，終於想辦法開了鎖，然後把門朝向夜色甩上。

房間裡：一個漆成粉紅色的水泥盒子，織了花樣的尼龍地毯上被菸蒂燒得像張痲子臉；一張到處結塊的床，一台不能用的冰箱，一架付費電視，和一台老邁的冷氣機。我出門時沒關冷氣，但房內還是熱得像提供土耳其浴的澡堂，我不得不脫下被汗水浸濕的衣物，再將黏成一團的衣物踢到牆角，然後逃進浴室裡沖澡。洗澡水跟極地的一樣冷，顏色有點黃，但沒什麼好抱怨了。任何可以沖掉達爾文一天熱氣的事物都很好。

汽車旅館的浴巾和聖餐薄餅一樣薄，吸水性也差不多。我試圖把其中一條圍在腰上，但多出來的將近十公斤贅肉可不好對付，最後只好把浴巾改良成臨時內褲後綁在屁股底下。在綁的過程中，我不小心瞥見自己在浴室鏡子裡的模樣，那畫面實在不漂亮：一個三十八歲的男人，擁有所有中年人疏於照顧身體的徵兆——一個柔軟又腫脹的肚腹，下巴浮出一團骯髒又泛著海棠紅的肥油，沙子色的頭髮已經開始片片泛灰；

眼睛底下浮現的是代表永久疲勞的灰暗眼袋，魚尾紋則如同鐵路交錯般延伸向太陽穴。我看起來疲憊、浮腫，虛弱不堪。

需要來根香菸。在離開美國前，我重啟了停止七年的菸癮。我現在一天抽兩包無濾嘴的「駱駝牌」香菸，於是哮喘的老毛病又回來了。不只每天早上都吐出一口牡蠣般的褐色老痰，牙齒也慢慢泛出漂亮的紅陶色。再次開始抽菸，大概是我近幾年來最積極的作為。

那條免稅的駱駝牌香菸就在床邊。我又從裡面撈了一包新的，拍出一根，用Zippo打火機點燃，深深吸了一口。賓果。立刻興奮了。為什麼要花一生追尋快樂呢？唯一不狗屁的幸福都是稍縱即逝的偶然呀：躁熱一天之後的淋浴，或者是一根品嘗起來如此棒的香菸，幾乎讓你以為撞見了一生的寧靜（至少維持了一陣子的寧靜，至少）。

然而，我和寧靜的相遇一下子就結束了——就在我看見攤在床上的澳洲地圖時結束了。那張狗屎地圖。我就是被那張地圖引誘了；被地圖代表的可能性引誘了。那張地圖把我帶來這裡，來到達爾文。那張地圖是個天大的錯誤。

我是在波士頓的書店看見了這張地圖。那是二月一個水洗般的午後，非常冷，非常灰暗。在此之前幾天，我才剛結束緬因州一間報社的工作。那是我在十年間第四次拋棄的記者工作。我一直都在地方報社任職——總是沿路找工作，隨便漫遊，開著一輛破爛的富豪車在東岸呼嘯。我曾待過紐約州的斯克內克塔迪、賓州的史克雷頓、麻州的沃徹斯特，和緬因州的奧古斯塔。總之就是落魄記者漫遊一連串的落魄城市。有些時候，就連報社同事都不懂，為什麼我偏好在破爛的工廠小鎮找工作？為什麼在十年的記者之路後，沒有跳槽到一些氣派的大公司？像是費城、波士頓甚至紐約大蘋果。事實上，我對於追求記者事業的顛峰沒興趣。如果以飛機來比喻，我喜歡在中間的平流層航行——因為在這裡，野心沒有趁虛而入的機會，也無法把我綁在任何定點。每次只要花兩年報導地方議會新聞、教堂盛會，還有偶爾聚集在州際的青少年集體鬥毆，我就可以準備到下個地點繼續了。那也是為什麼在《奧古斯塔肯納貝克日報》待了二十八個月之後，我便遞出辭呈，然後把所有家當塞進富豪休旅車的後座，沿著I-95公路一路往南。

我打算前往俄亥俄州的亞克昂，《烽火報》是我的下一個目標。不過既然打算在美國的橡膠輪胎之城停留兩年，我決定先花幾天去波士頓晃晃。我入住了波里斯頓街上的便宜旅店，搭地面電車越過查爾斯河後抵達劍橋市，最後跑去哈佛廣場附近的二手書店區。我在走進去的第一間店裡找到了這張地圖。當時我正在瀏覽旅遊書區，然後看到一個塞滿老舊公路地圖的紙箱。在全部都是美國公路地圖的分類中，我隨手翻到了這張不合群的怪胎：一張一九五七年的澳洲地圖，「皇家澳洲汽車俱樂部」發行，定價一．七五美元。我打開地圖，攤在書店地板上，看起來和之前看過的地圖沒兩樣：一個大概和美國一樣大的島，一條公路劃過空洞的中段區域，另外一條公路則環繞了整片大陸。

一名店員剛好撞見我跪在澳洲上。

「你到底要不要買那張地圖？」店員說。

「要，」我說。「我買。」

我不只買了那張地圖，還到哈佛的庫普書店買了一本澳洲導覽，裡面有這個國家比較詳細的最新道路資訊——但我仍然興味盎然地發現，這片大陸上只有一條幹道截過中段，另外一條幹道環繞周邊。這根本不算一個真正的國家，而是一片虛構的荒野。終極的無名之地。

我回到旅館房間，點了一張披薩和六罐裝的Schlitz啤酒，然後整晚都在這片澳洲大陸上漫遊，眼神不停地盯住那個叫「達爾文」的城市。地理上來說，這是個完全與世隔絕的獨立都市——也就是在環陸幹道最北方的一點。往東是一個名叫昆士蘭的州——根據導覽書所寫，此地最有名的是大片果樹、熱帶的酷熱空氣，以及保守的政治作風——我覺得一定就像密西西比州的雙胞胎兄弟；然而如果往西去，你就會進入一個特別迷魅的領域。

想像一下，在上千英里的旅程中，你不會看到任何二十一世紀生活的蹤跡，導覽書如此寫道。**想像一下，一整片開闊的鄉野延展在鈷藍色的明亮蒼穹下，完全不存在現代社會的思維與壓力。從達爾文到伯斯的道路綿延三千英里，在這個西澳的內陸花園，你能深入絕妙的自然景觀，也能探索地球上最後一片雄偉的荒野。**

我知道這不過是一堆出版商的標準行話罷了，但還是無法把眼神從地圖上移開：那片空白；那片廣闊的空無。我坐在廉價旅館房間內，吃著一片冷掉的臘腸披薩，披薩滲出的油漬還滴在達爾文的周邊，然後突然意識到：我哪裡都沒去過。是啦，過去十五年來，我確實在東岸到處漫遊，彷彿是「飛翔的荷蘭人」之「記者版」——但是，如果除去幾年前去過倫敦一週之外，我對世界的認知只侷限在I-95這條公路上。而現在，我在這裡，即將逼近四十歲的前線、即將被困在另一家二流報社的二流職缺中（而且還是在俄亥俄州那個去他媽的亞克昂）。除了固特異出產的子午線輪胎外，那裡幾乎什麼都沒出產，因此，在那裡生活兩年也不過像是浸泡在過量的防腐液中。那麼，我又何必再次擁抱如此不具吸引力的選擇呢？更何況，我又沒有家累，沒有需要兌現的承諾。如果我一如自己所想像的那般無拘無束，現在不正是停止原地踏步、真正深入無垠荒野的好時機嗎？

我一邊努力喝完六罐啤酒，一邊抽著駱駝牌香菸，同時認真思考這個問題。電視上接連播放著深夜電影。大約就在一部於檀香山郊區重拍的電影「相見恨晚」和一部巨大殺人兔攻擊國家自衛隊前哨站的廉價恐怖片之間，我把午餐都吐了出來。冷披薩、便宜啤酒、二十支香菸和殺人兔終於把我的腸胃逼迫到極點。雖然吐到必須抱住馬桶，我的腦袋仍然異常清晰。太清晰了。真的。等到最後一波嘔吐物終於瀑布般落入水裡，我決定了，我要前往那片神祕內陸。

然而現在，坐在達爾文這間如同廉價三溫暖的房間中，我對自己難以想像的愚蠢感到無比讚嘆。我不過是在波士頓的書店找到了一張老地圖，然後幾個小時後——在一間髒旅館內大吐特吐的同時——就決定直奔澳洲了。我還打電話給未來的雇主，禮貌地請他們另請高明，並且把所有家當收拾妥當、賣掉最愛的富豪車、從銀行提出畢生存款（一萬美金），然後辦了簽證、買了機票。一天半之後，我在這裡降落了。而這件事給我的啟示和教訓就是：愛上一張地圖，你的人生就毀啦。

在旅館房間之外，夜空拉開了序幕。首先是三聲金屬敲擊般的雷鳴，接著是一陣快速的閃電，最後是雨。屬於熱帶的強力陣雨，十秒鐘就累積了十英寸。一陣極度狂亂的洪水搗壞了旅館附近的電纜線，害我只能獨自坐在黑暗中。當巨大的夏季陣雨包圍過來時，我不禁歡呼出聲，希望大雨能把達爾文洗個乾淨，順便把我所犯的錯誤全數沖走。

3

一看到那台車，我就知道自己一定會買。那型號太經典了：福斯汽車於一九七〇年出產的小巴士，完全代表了那個時代，彷彿把我帶回了學生歲月——當時所有反文化的蠢貨都會買一台便宜小車，噴漆成粉紅色，然後任由美國公路帶他們前往某個隨機的集體公社。此外，這台福斯汽車就像是組裝於某個非軍事區的公社，上面噴滿了棕與綠的迷彩色油漆。只是太可惜了，此時此地不是一九六八年的西貢，因為只要在車頂加裝一台機關槍，就能大肆展開北越對南越突襲的「新年攻勢」了。德國引擎工業搭配上美國腐化的惡行呀。害我忍不住想用德文說一聲：早安，越南。

那台車就停在旅館對面，就在街邊的十幾台露營車之中。這裡是達爾文非正式的汽車市集，那些從澳洲公路奔波疲憊的老鳥會到此處賣掉交通工具，買主則是那些即將深入野地探索的菜鳥。這裡有標準的四輪驅動小貨車、由破爛霍頓車拖曳的拖車，甚至有一台貝德福車，引擎蓋上塗了個不對稱的和平標誌。不過當中只有一台福斯出產的小巴士——我立刻就走向它。

走近之後，才發現迷彩圖樣像是由手抽筋的人漆的，其中一側更是鏽得厲害。不過輪胎看起來挺結實，把腳踩到前擋泥板上面時，底盤的彈性也挺好。然而，從擋風玻璃望進去，卻發現自己和一個胸部光裸的年輕女子剛好打照面，還有一個小嬰兒正在吸吮她其中一個乳頭。我的臉上立刻浮現紅暈，但那名女子只是拉出一個安詳的微笑。

然後車子的後門開了，走出一名身高一九三的瘦高個兒，頭髮及肩，脖子上掛了一個厚重的銅製十字架。他動也不動地杵在車子旁，瞪著我。他的眼神空洞，彷彿來自遙遠的異域，讓我好緊張。

「抱歉，我竟然那樣試了車子的懸吊系統，」我說，「沒發現你們在裡面。」那個像是來自蓋亞那的瓊斯鎮難民的男人沒有回答，只是一直用空洞的眼神呆望著我，最後終於開口了：

「兩千五百元。」他朝我走了一步。「兩千五百元，」他又說了一次，臉靠得好近。我發現自己正盯著兩叢鼻孔中的厚重熱帶雨林。「車子的價錢——二、五、〇、〇。」

我往後退了一步。「你怎麼知道我想買？」

「你想要。我看得出來。」

「介意讓我檢查一下嗎？」

「不用。車況完美。」

「十九歲的老車不可能完美。」

「這輛車二十歲了。出廠年份是一、九、七、二。完美。」

「如果不讓我檢查機械狀況的話，我是不會買的。」

「你想知道啥？」

「里程數。」

「一、二、八。」

「十二萬八千英里？」

「我就是這個意思。」

「這傢伙大概只剩最後一口氣了。」

「引擎重整過、化油器新的、避震器新的、散熱器新的、後座的爐灶是新的、小床上的毯子也是新的……而且這還是一輛受到保佑的車。」

「保佑？」

「是呀，保佑。環繞全國兩次了，從沒有受到撒旦干擾。」

「撒旦干擾？」

「引擎壞掉、過熱、離合器爆掉……之類的……」

「離合器爆掉是因為撒旦干擾？」

「撒旦總是想要干擾上帝的使者。」

「你是上帝的使者？」

「我傳耶穌基督的福音，沒錯。」

「你的教眾呢？」

「那裡，」男人指向城市外的空無。「五年來我都在野地裡，傳遞上帝的話。」

「你和你所屬的教會？」

「我自己的教會。無條件信仰之使徒教會。你知道無條件信仰是什麼吧，兄弟？」

「不太清楚。」

男人捲起右手臂的袖子，露出布有六、七個咬痕的手臂。「聽過布朗王蛇嗎？」

他問。

我搖頭。

「野地裡最陰險的毒蛇。牠會把毒牙嵌入你的皮肉。不出一個小時你就死了。不過牠們咬了我三次，我卻還能站在這裡。知道為什麼嗎？無條件信仰。**用手拿蛇，喝了有毒的東西也不受傷害**——〈馬可福音〉十六章十八節。你懂我的意思嗎？你了解我向你分享了什麼嗎？」

「大概吧。」

「你為什麼要買這台車？」

「我沒說要買……」

「你要買。所以，為什麼？」

「到處旅行。往南邊的伯斯前進，就這樣。」

「你知道自己面對的是什麼嗎，兄弟？一整片邪惡的異教徒荒原，上帝創造此地就是用來測試信徒。讓我給你一個良心的建議吧：如果不帶著無條件信仰進入這片惡土，你會被它吞噬。生吞活剝。」

我轉身離開這個瘋言瘋語的弄蛇人，短暫地瞄了瞄環繞達爾文的荒原。從這裡看來，它的威脅性大概和郊區公園差不多：只有一整片油綠可人的熱帶植被。再說，我已經聽夠了這個小丑拿舊約來對我說教，不如就看看他葫蘆裡到底賣什麼藥吧。

「就像我剛剛說的一樣，」我說，「你想把小巴士賣給我，就得讓我好好檢查一遍。不檢查、不成交。」

弄蛇人仔細思考，我們之間的沉默如同大峽谷般深邃。然後他敲敲窗戶說，「貝施巴，下車，順便把我的工具箱拿過來。」

後車門再次打開，貝施巴走了出來，單手還抱著那個小嬰兒，另一隻手則抓著工具箱，現在已被衣物覆蓋的胸口也掛了一個銅製十字架。她又對我微笑了一次。

「日安，兄弟。」

她的丈夫取過工具箱，指向一棵棕櫚樹下說，「坐那裡。」

她又微笑了一次，然後服從地走過去坐下，小嬰兒則放在大腿上。弄蛇人把工具箱丟在我腳邊。

「開工吧，」他說。

我確實對車輛的內燃機略知一二。因為之前非常迷戀已經賣掉的那台富豪，所以上過一堂車輛ＤＩＹ的修理課程。因此，接下來的兩個小時，我對這台小巴士進行了徹底的機械檢查——我一路戳弄機械葉片，探索神祕的區軸，然後確保化油器、發電機和配電盤可以再應付一次野地長征。這工作單調無趣，而且隨著時間接近正午，高熱的陽光更是大幫倒忙。不過熱氣還好，反倒是「無條件信仰先生」和他太太比較惱人，他們就坐在棕櫚樹下，安靜地望著我分解他們的車。他們幾乎完全不動，該死的毫無動靜，我猜他們一定是神入了一個心靈的迷離之境，然後兩個殭屍就這樣盯著你整整兩個小時，實在有夠令人不安，但這確實激勵了我快速完成工作，遞出現金，並和這對古怪夫妻道別（希望是永別）。令人開心的是，車況確實還可以。引擎發出的嗡鳴聲聽來穩當，火星塞和白金接點是新的，點燃的時間點完全正確，其他的機械零件也運作妥當。就連車子後座的生活區——兩張狹窄的小床、一座烤爐、一台以電池運作的小冰箱——這些都算乾淨。只要我在路上好好保養，等到抵達伯斯時，這筆錢也算是花得值了。

好，應該沒問題。

「沒問題，牧師，」我說，然後果斷地把引擎蓋闔上。「我們來談價錢吧。」

「價錢是二、五、〇、〇。你得付二、五、〇、〇。」

「沒有人會接受賣方開價。」

「你要這台車，就付我要的價錢。」

「不可能。」

「好吧，那麼。貝施巴，我們走啦。」

他們起身回到車上。我簡直不敢相信——這屁蛋還真想把車開走！

「老天呀！拜託，」我在車後大吼。「不能彼此妥協一下嗎？」

「上帝的使者從不妥協。」這個弄蛇人說完就發動引擎，放開緊急手煞車，開始慢慢沿著街道駛遠。我也真是個白痴，竟然開始追車——就在小巴士旁跟著跑，一邊敲打車窗一邊吼，「好啦，好啦，我接受你開的該死價錢啦。」

三個小時後——兌現了一張小額旅行支票、拜訪了一位保險業務，然後去當地的車輛登記局完成了必要的「朝聖之旅」後——我終於成為這輛小巴士的主人。等我回到車子一旁時，卻發現弄蛇人和妻兒還坐在樹下。車子後座已經清理乾淨了，他們所有的俗世家當都塞在兩個小小的粗呢袋中，就靠在車門邊。我難受得腸胃翻攪，但還是把二十五張一百美金紙鈔遞了過去。弄蛇人算了又算，最後終於把鑰匙遞給我，上面的鑰匙圈是個十字架。

「你們接下來打算幹嘛？」我問。

「在達爾文繼續傳教工作，」弄蛇人說，「這個城市需要我們。」

「你們在這裡會混得很好，真的很好。尤其是那個蛇的把戲，大家肯定會愛。」

「祂的旨意必能奉行。」

「最後一個問題，」我說，「是你們把車漆成迷彩色嗎？」

「對，是我們。」

「可以問為什麼嗎？」

「撒旦才不會發現我們。這就是原因。」

說完之後，無條件信仰之使徒教會的所有教眾便一人提起一個袋子，在熱天午後漫遊向遠方。

4

離開達爾文兩個小時後，我撞上了第一隻袋鼠。當時是晚上——我所摸索過最黑暗的夜晚。我在緬因州郊區長大，早已習慣在太陽下山後與開闊的原野共存，但現在的狀況完全不同。沒有月光、沒有路燈、沒有其他車輛與之競爭的燈光，就連天上都沒有星座的蹤跡。一片徹底的黑暗。然而每隔一英里左右，小巴士的車燈就會捕捉到兩球近距離的燦爛餘火——像是在一片虛空中飄浮的小小眼球。這些眼球總是嚇得我把方向盤抓得更緊。我知道有些什麼在觀察我。

然後突然間，一陣令人不快的悶聲！車子前方撞到了一大塊看不見的東西，害我整個人也直接飛撞上方向盤，還因此卡住了喇叭。因為驚嚇，身體裡的腎上腺素飆升，我立刻跌跌撞撞爬出車外。真是大錯特錯。就在我右腳才踏上路面，便立刻碰觸到肇事原因——現在已經一動也不動的五英尺長袋鼠。我試圖從屍體旁跳開，但滑了一下，球鞋在環繞死屍旁的血泊中飛開，屁股直接摔在路面。這下好了，除了肋骨瘀青之外，我還可以在傷單上再加一筆尾骨挫傷。爬起來可是一項艱難的工作，不過我寧可忍著痛楚爬起來，也不想躺在斷了脖子且血水不停從鼻孔汩汩流出的野獸旁。我跌跌撞撞走回車子，撈出手電筒檢查車況：一邊的車燈裂了、前方保險桿一塊明顯的凹陷，另外還有些小損傷。等到這場意外過去之後，我突然意識到自己很幸運。我一定是撞到了跳動間的袋鼠，牠才會被撞飛開來；要是我和牠面對面相撞，那麼現在，我的車大概已經爛得跟德國製的手風琴一樣了。不過，雖然逃過一劫，心情卻還是很憤怒，對於自己打破了在內陸旅行的最重要規則感到憤怒：**永遠不要在天黑後上路**。我在所有導覽書上都有讀到這麼做的潛在風險，還強調這些來回跳動的袋鼠在日落後可能造成多大的危害。不過我實在太想離開達爾文了，所以因著一股愚蠢的衝動，完全忘了這項提醒，甚至沒給自己習慣的時間，反而把車直接往南開回汽車旅館——清空房裡的衣物，購買生活用品——不到一小時就又開著裝滿家當的車子，立刻呼嘯出城，踏上路況極差的荒野。又是一次基於衝動本性的作為！又是一次搞砸人生的壯舉！

此時，轟轟作響個不停的喇叭聲可無法安撫心神，所以我抓了工具箱，打開引擎蓋，在一堆凌亂的電線中東戳西戳，才終於找到了混亂的來源：一片碎裂的金屬卡在喇叭的電線上。看來需要進行緊急處理。為了讓雙手開始工作，我把手電筒咬在齒間，然後用鑷子去夾電線。

接下來，一陣靜默。如同處於巨大空曠的石穴內般靜默。那種讓你深信自己獨處於這個世界的靜默。毛骨悚然。無止境的沉寂。我終於意識到，自己已經跨越了荒野邊界，正式進入了無名之境。

我緩慢爬回車上，把車子停到路邊，熄掉引擎，然後再爬到後座的生活區。我點起離開達爾文前買的油燈，擦亮另一根火柴，點菸，把煙深深吸入肺臟，突然感到右胸彷彿被強力擠壓。那痛楚實在劇烈。我脫掉上衣，看到胸膛上有兩塊斑駁的瘀青。它們讓我聯想到心理測驗中的「羅夏墨跡測試」。這兩塊斑點讓我聯想到什麼呢？霍松先生？某位開車撞上袋鼠的蠢貨？

急救箱中沒有急救繃帶，小冰箱的上層隔間也沒有冰塊，所以我抓了兩罐啤酒，其中一罐放在胸口，另一罐則大口灌入身體。然後從某處撈出一盒阿斯匹靈，丟了三顆到嘴裡，再用另一罐啤酒沖下去。這是第三罐啤酒了。疼痛開始減退。到了第四罐時，身上的疼痛已經像是搬家到隔壁小鎮的痠痛。等到第五罐時，我已經癱倒在小床上了。

我剛好在破曉前醒來。啤酒和阿斯匹靈的麻醉效果已經退去，我開始覺得疼痛。那陣疼痛大張旗鼓地在左右肋骨架間敲打，尾骨也是，早晨剛醒來的頭也沒倖免。我又躺回小床上，發現自己的未來一片慘澹。這是我人生中最爛的早晨了。我想死。就是現在。

雖然是很想快點死，但想尿尿的欲望卻勝出了。我花了必要的十分鐘自我辯論：到底是起床比較痛苦呢？還是膀胱爆滿地躺在床上比較痛苦？結果膀胱得勝。倒數一下吧，各位。五、四、三、二、一……車子的後門大力飛開，一道漫長激烈的尿液開始讓內陸的泥土受洗。

不過，要從床上起身站立、並想辦法把痠痛的身體伸展開來可不有趣，親眼看見死掉的袋鼠也不有趣。牠發亮的眼睛哀傷又指責地瞪著我。頭上的兩隻禿鷹則正在進行偵察飛行，打量底下的袋鼠早餐。我看著這些幾乎全黑的帶翅傭兵；天空就像一片透亮的帆布，只有地平線上閃現著針孔般大小的光芒。但很快地，針孔開始擴大、延長並發出鎔金般的驟亮。夜晚醒了，於是把夜幕往兩側拉開，露出中央炙熱的朝陽。

這個滾燙的球體不停地往上升，我則因為燦亮的陽光不停眨眼。等到眼睛終於適應光線之後，我看見自己所在的地方……整個人僵住了。

我正站在一個紅色的世界中。一片乾旱的紅。像是血液乾掉的顏色。一整片綿延的紅色黏土和尖刺的紅色灌木叢。這一片紅色在高地上無限延展，完全無法目測邊界。我從車子旁走開，站在路中央，分別往北、南、東、西望去。沒有房子、沒有電線杆、沒有招牌、沒有路標……任何人類在地球上熟悉的事物都沒有（除了我腳下踩著的瀝青地面）。就是一整片純粹的荒蕪鄉野，一整片純粹的藍色天空。無邊無際，單調到幾乎可以催眠一切生物。

現在是哪個世紀？不對，應該要查一下處於哪個地質時代？我猜是古生代。我們現在面對的是〈創世紀〉第一章第一節。

我走下路面，猶豫地朝灌木叢走了幾步。感覺像是把腳趾冒險泡進海裡，而廣闊的海面隨時會把整個人吞噬掉。我又往前試探了幾步，烤乾的沙地在腳下裂開，裂痕穿越在刺草叢間——那是一種沙漠植物，有點像得了厭食症的仙人掌。那樣的刺草幾乎鋪滿了整片高原，火紅色的植株更加重了此地的荒原氣息。我繼續往前探索，眼睛緊緊注視著閃動的地平線。我確定我可以不停地走上十二個小時，直到日落，但還是會身處於一模一樣的灌木叢中——因為現在的我正站在地理意義上的無垠之地。

我可以不停地走十二個小時，直到日落，但一定會活活渴死。

那是個令人悚然一驚的想法。因為我意識到，要是真的這麼做，終點也就是生命的完結。所以我立刻轉身走回代表安全的車子旁。太陽開始加強火力，我的喉嚨因宿醉而像美西的莫哈韋沙漠一樣乾；上衣和褲子也變得如同身體一般乾硬。等我回到車內，覺得又需要一點麻醉劑來壓制痛楚，所以早餐就是三顆阿斯匹靈和兩罐啤酒。我脫下衣物，用簡易油桶中的水把一個小塑膠桶裝滿，整桶從頭上淋下去。洗澡完畢。

我換上一件短褲和T恤，坐上駕駛座，重新調整安全帶，免得瘀青的胸腔被壓得太痛，接著便準備上路。不過在出發之前，我往後看了一下剛剛短暫涉足的無垠灌木叢。這就是我所為而來的景色——一種令人怖懼又驚恐的史前景觀；如同世界的開端……或說是世界的末路。一種如我一樣的空無世界。

不過，既然已經看到了——我已經以此景觀徹底證明了自己的渺小——就不需要再看了。偉大的內陸？去過了，也看夠了。

因為酒精讓人亢奮，我一度思量著某個可能的幻想：我可以直接開回達爾文，拿起電話接通俄亥俄州亞克昂的《烽火報》，然後說服自己回去做那個原本推掉的工作；我可以把車子賣給另一個被荒野召喚的瘋狂傻瓜，然後搭上第一班飛機回西雅圖。這是一個有關設置停損點的幻想，而這個幻想（如果真的這麼做的話）證實了我最大的恐懼：我沒有能力將任何一個計畫貫徹始終；它也證明了我的視野是如此狹隘，所以才會在經歷少得可憐的情況下，無法對經驗範圍之外的世界付出真正的信任。我就這樣枯坐了十五分鐘，任由引擎空轉，試圖說服自己接受如此狹隘的自己。

我有兩個選擇：往北駛向平庸，或是往南駛向未知。雖然我想往北走，但最後還是換檔後繼續往南漫遊。

在我把車開往路中央時，從照後鏡中瞄見兩隻禿鷹正俯衝向死掉的袋鼠，各叼了一顆眼珠後振翅高飛，就不再往後看了。

又開了好幾個小時，眼前什麼都沒有。不過就是一整片無止境的灌木叢。到了中午，我已經苦苦行走了四百公里，但沒有遇到任何一輛車。熱氣實在驚人，我只好打開車內的風扇。結果卻犯下天大的錯誤：風扇沒有幫我循環車內外的涼爽空氣，反而把路上的紅土砂礫全吹到身上來。我想靠邊停車，打開引擎蓋檢查這些砂礫怎麼跑進了換氣系統，但又隱約感覺到在這麼狂熱的烈陽下修車對健康有害。所以我繼續推進，身上的砂礫逐漸被汗水和成一片泥。

大約又走了一百公里，在我的大腦差不多因為脫水而呈現空白時，我終於看到前方出現了非常令人開心的景物：一間加油站！在離開達爾文之後，這可是我遇見的第一間加油站。雖然它本身不怎麼雄偉——僅僅在一台粗製濫造的油槽機前架了兩支油槍——但是在經歷了一晚又一早極致孤獨的荒野旅程之後，看到人造物（即便只是水泥廁所），都會讓我肅然起敬。

老闆就站在加油站入口，體型看起來和他身後的油槽一樣又矮又方，下巴長滿了彷彿從未刮過的鬍髭，身上的T恤則像是被拿來當成抹布用過似的。

「日安，」他的語調沒有起伏。

「你好，」我說。「你這邊可以讓我淋浴嗎？」

「要付十元。」

「洗澡就要十元？」

「是這麼說的。」

「太貴了吧。」

「要是這麼想，可以等到康努努拉（Kununurra）再洗。」

「康努努拉？」

「下一個小鎮……也是能淋浴的下一個地方。」

「多遠？」

「大約六百公里。」

「你在唬爛吧？」

「你自己開過去就知道啦。」

在熱辣的路上再被沙土覆蓋五個小時實在不是美好的經驗。我只好遞出十元。

「淋浴間就在後面的廁所旁，」老闆說。「要我幫你的車加油嗎？」

「要……順便幫我檢查一下冷卻水量和油量。」

老闆走向車邊，看到了撞壞的車頭燈，還有保險桿上面的凹痕。

「撞到袋鼠了？」他問。

所謂的淋浴間是一個開放的小隔間，就在一條當作小便斗的溝槽旁，裡面大概堆了十年份的菸蒂。臭氣蒸騰。我必須憋氣才有辦法站在蓮蓬頭下。不過水壓倒是很強。太強了。害我瘀青的胸腔重新疼痛起來，也害我不得不提早草草洗完。我套上短褲、休閒鞋，濕答答地走回車旁。一位老原住民坐在副駕駛座，似乎正在打瞌睡，還把光裸、灰髒的雙腳搭在儀表板上。

「嘿，那傢伙在我車裡做什麼？」

老闆從引擎蓋下伸出頭，看到了我胸膛上黑藍色的斑點。

「你還真撞到了一隻袋鼠，是吧？」

「我剛剛說，那傢伙為什麼天殺的在我車裡睡覺？」

「他是提特思。他住這附近，需要搭便車往南走。」

提特思張開一下眼睛就當作是打過招呼了，然後又打起瞌睡。

「哇，還真感謝你問過我了呢。」

老闆把引擎蓋甩上，沾滿油漬的雙手直接往T恤上抹。

「那隻袋鼠稍微弄壞了換氣系統，」他說。

「還用你說，」我說。「你手邊不會剛好有多出來的散熱罩吧？」

「你到康努努拉就會找到了。你在康努努拉可以找到所有東西。」

「你說還要六百公里？」

「沒錯，六百公里。你應該會在傍晚抵達……如果沒有撞上另一隻袋鼠的話。」

「我要付你多少油錢？」

「四十二元。」

「別再唬爛了。」

「要是不信，自己去看油槍表。」

「一缸汽油要四十二元？太誇張了吧。」

「一點也不，老兄。『定價』就是這樣。」

我把錢付了，把車開走。提特思還在繼續昏睡。他看起來差不多六十五歲，臉上的皺褶比浮雕作品的雕痕還多。

「所以，你要去哪？」我最後還是問了。

他又像貓般雙眼微張。「就繼續走。」

「要走多遠？」

「需要停車時會告訴你。」

「還真感謝呀。」

「你從東岸來，是嗎？」

「什麼意思？」

「你從新英格蘭來的吧？大概是緬因州？」

我震驚地瞪著他。「你去過那裡？」

「從未離開北領地。」

「那你怎麼認得我的口音？」

「我會去認別人說話的聲音。如此而已。」

他又閉上眼睛，開始打盹，瞬間扼殺了所有對話的可能性。大約十五分鐘之後，他又搖搖晃晃地醒來後說，「我在這裡下車。」

但我們還在荒僻的野地中，視線所及之處沒有村莊、沒有住戶。

「你要在『這裡』下車？」我一邊說一邊把車停下。

提特思點頭。

「可是，你要往哪裡去？」

提特思用大拇指指向整片開闊的高原。「就那裡，」他說。

「那是哪裡？」

「你不會有興趣的。」他打開門，踏上紅土。「給你個建議，夥伴。別往那裡去，留在主要幹道上。」

「這是什麼意思？」

「沒有什麼意思。我只是告訴你：不要靠近荒野小徑。一定要走水泥路。」

「為什麼？」

「因為你是個適合走主要幹道的人。就是這樣。」

他轉身走向灌木叢。我嫉妒地看他踱步離去。嫉妒有人能在一片空無中如此自在。

「**因為你是個適合走主要幹道的人。**」還真是讓我啞口無言。渾蛋。

接下來五個小時，我一直沒有離開主要幹道的懷抱，直到它把我帶往一個幾乎算是文明的所在。

5

在康努努拉，我為車子找到了散熱罩，也為胸口的瘀青找到了透氣膠帶。而且在這個非化外之地，洗一次爽快的澡只要一元。

所以我一天洗三次澡，努力沖掉內陸的臭氣。保持乾淨已成了一種執念，一種在毫無紀律之地保持紀律的方法。更何況，康努努拉這地方沒什麼紀律，很容易就讓人變得鬆懈懶散。這是一個由商店、劣等餐廳和酒吧構成的小城市：是灌木叢中一條又小又邋遢的汽油巷❷。沒有人該在這裡逗留太久；這裡只是個維修站，一個準備沒入空無荒野前補給用品並和人類接觸的所在。不過我在那裡待了快一週，就把車子停在鎮上一片營地上。一開始，我說服自己，我不過是為了從袋鼠帶來的傷害中復

❷《汽油巷》（Gasoline Alley）是法蘭克．金恩（Frank King）一九一八年開始的連載漫畫，是全美連載時間第二長的漫畫作品，一開始是以談論汽車的話題為主，曾經有一段時間的背景都設立在美國小鎮。

元。然而，四天後，我的胸口已經沒了瘀青的顏色，尾骨也不再刺痛了。「再待一天就好。」我告訴自己，想要說服自己再次回到滿是灌木叢的荒野。不過等到那天過去後，我又決定再花四十八小時讓袋鼠帶來的傷害完全恢復，所以繼續在車子後座度過復元期，並讀了一堆從當地舊貨店買來的廉價驚悚小說。這期間，只有為了買罐頭食物，或是為了每天三次到公共澡堂朝聖，我才會離開車子。

在我抵達康努努拉六天之後，營地主管到車子旁找我，對我進行口頭驅逐。

「到了明天，你就已經待了一星期，」她說。「一個人最多只能待七天，你得上路了。」

這位主管是位五十歲左右的疲憊女性，唇上叼了一根菸，皮膚像牛皮一樣粗。不知道好不好收買。

「有可能稍微通融一下嗎？」我問。

「不可能。夥伴。」

「其實，我是因為一場意外在休養。」

「看起來不像有受傷呀。」

「不信的話，看看車頭。」

她隨便地看了一下。雖然散熱罩換了新的，保險桿還是凹得厲害。

「袋鼠，是吧？」

「沒錯。」

「我敢打賭，你一定是晚上還開車。」

我盯著自己的鞋子。

「只有低能兒才會晚上還在這裡開車。我可不同情低能兒。」

我遞出二十元鈔票。

「你開我玩笑吧。」

我又遞出第二張二十元鈔票。她用力把鈔票抽走。

「你給自己買到了三個晚上。明天開始算。然後就得走。」

「祝妳有個美好的一天，」我當著她的面甩上車門。該死的野地納粹賤人……來自地獄的營地女魔頭……

然後一陣不安的感覺襲來：她可能正在計畫做些什麼；我可能真的在康努努拉待得太久了。更何況，除了是一個「城市」之外，這地方其實一點也不吸引我。完全是因為在野地裡被不安的感受襲擊，我才需要這個小鎮的慰藉——一個能夠讓你打從心底分心的地方，一個不會因為荒蕪的野地而自我封閉的地方。相形之下，這正是內陸真正危險之處：它的空無會讓你不知不覺開始懷疑自己。有人說那裡的雄偉景致會讓你忘卻內心所有的不安——忘掉這鬼話吧！那裡只會放大所有微小的恐懼，以及所有讓你自我憎厭的傾向。那裡的土地會讓你知道：**你什麼都不是**。所以最好還是待在鎮上吧，這裡至少人多勢眾。

而且在這裡，你至少不用和自己相處。

儘管很不想離開鎮上，但我也不太想漫無目的地在康努努拉晃蕩。雖然無法說得很清楚，可我就是對此地感到厭惡。那是一種奇怪的直覺，要是知道自己待得太久，一切就不對勁了。上路吧，尼克，在你生根此地之前。好吧、好吧，但再給我三天遠離荒野吧。

就再三天，再洗九次澡。到了第四天早晨，當我走到公共澡堂洗了最後一次澡，在蓮蓬頭下享受了美好的半小時後，我卻完全不想離開這份清涼。等我回到車子旁，營地主管已經靠在車上，對著引擎蓋彈菸灰。

「我說過了，我要你一早離開，」她說。

我走過她身邊，坐進駕駛座。

「我要走了，」我發動引擎。

「要去哪？」她問。

「離妳愈遠愈好。」我說完後便呼嘯而去。

事實上，我根本不知道自己要去哪。沿著這條路，下一個較大的城市叫作布魯姆（Broome），只有一千公里遠。在那之前有幾個小城市，剩下的就是開闊的鄉野。如果我馬不停蹄地開八個小時，或許可以在太陽下山之前抵達地圖上適合人居的小點之一。然後呢？這個困境明天再來處理吧。只要在天黑前抵達下一個人類聚落，我就很開心了。

我在康努努拉外緣的一個加油站停下來。我其實不需要加油，因為昨天就已經加滿了，但我看到加油站的入口有一個標誌——下一個加油站距離四百公里——就焦慮了起來。我知道福斯的車子加滿油後可以跑五百公里，但還是出現了偏執的幻象，覺得自己可能會因為沒油而呆站在荒野中。最好還是小心一點，現在就把簡易油桶裝滿。

這是個自助加油站。把油桶加滿後，我又把自己投身在引擎蓋下。沒錯，我知道這般仔細檢查每個零件實在有點神經質，但現在的我可不想在深入荒野前冒險。

大約檢查了十分鐘後，我抬頭，看見一位年輕女子坐在加油站正對面，雙眼異常熾烈地注視我。她的年紀大約二十出頭，豐滿，骨架大，短短的淺色金髮，膚色黑得像是從出生就過度曝曬到現在；身上的衣服像是帶人穿越回到了六〇年代：一件紮染T恤、割破的牛仔褲、一雙沙灘涼鞋，還有一只前面縫了和平標誌的軍用背包。「我們來了！伍茲塔克！」——不過她大概是個伍茲塔克音樂祭❸後五年才出生的女孩。

「咿哈，」她和我眼神對上後立刻大吼。「要往東走？」

「對……但看妳坐在路邊的樣子，不是要進城嗎？」

「不進城啦。」

她起身穿越馬路走向我。此刻我才發現，她看起來就像個「女武神」版的健美衝浪女孩：身高大約一八三、肌肉結實、熊掌般的雙手顯示她對勞力工作也有所涉獵。總之不是那種你會想要挑釁或打架的女人，但有一種生猛的魅力。

「我叫安姬，」她說，用力握手的感覺如同在推拿。

「尼克，」我說，把手從她手中抽出來。

「尼克，美國佬嗎？」

「沒錯。」

「從沒遇過美國佬呢。」

「開玩笑的吧？」

「我來的地方沒幾個美國佬。」

「妳從哪裡來？」

「一個名叫沃拉納普（Wollanup）的小鎮。」

「沒聽過。」

「大約往西南方一千四百公里。就在『死亡之心』的正中央。」

「死亡之心？」

「澳洲中部，就是那個叫『Woop Woop』的鬼地方。」

「Woop Woop？」

「鳥不生蛋的鬼地方呀，夥伴。該死的鬼地方。沒人住的地方。」

「除了妳之外。」

---

❸ 伍茲塔克音樂祭（Woodstock Music and Art Fair），一九六九年於美國小鎮舉辦的嬉皮搖滾音樂會，帶有重要的反戰意義。

「我從沒住過其他地方，也從沒想過，因為沃拉納普美呆了。那是一個老舊的沙漠礦城。只住了五十三個人，到下一個城市距離一千四百公里。」

「聽起來超棒的。」

「是很棒。」

「妳今天就是從那裡來？」

「算是吧。上路好幾個禮拜了。就是到處旅行。」

「我也是。」

「你現在要去哪裡？」

「往布魯姆的方向吧，我猜。」

「那跟我同方向。」

她打開福斯車的後門，把軍用背包扔了進去。

「這車真不得了。你是軍人嗎？」

「不是。」

「那幹嘛漆成這樣？」

「別算到我頭上，是賣我車的人決定漆成這樣的。」

「他們腦袋一定有洞。」

我微笑。「真是犀利的評語。」

「確定去布魯姆，是吧？」安姬問。

「沒必要改變方向呀。」

她開玩笑地捶了我肩膀一拳。「但你開的方向不對呀。」

她打開車門，爬進去。我想：如果是要搭訕的話，這女人的速度可以拿下金牌了。如果不是的話……那麼，至少我在荒野中不至於孤身一人。

「好，」我滑進駕駛座。「往布魯姆前進。」

我們開車出發。

「嘿，尼克，」安姬在開了大約半英里路時問了，「你不是個上帝信徒吧？」

「不是。」

「那為什麼有那個蠢頭蠢腦的鑰匙圈？」

「妳說那個十字架？買車時附送的。」

「這樣呀。」她把手伸進口袋裡掏出一包菸草和捲紙。「討厭那些愛上帝的怪胎，」她說，然後在指間捲起一根菸。

「認識很多？」

「這輩子一個也沒遇過。沃拉納普一個也沒有。」

「每個小鎮至少都會有一兩個狂熱者。」

「沃拉納普就沒有。也沒有教堂，這下你懂了吧。」

「怎麼做到的？」

「就禁止呀。」

「這樣不是犯法嗎？」

她從菸草袋裡撈出一根木製火柴，就著指尖擦亮，然後點燃香菸。「澳洲法律又不等於沃拉納普法律。抽菸嗎？」

不等我回答，她就把捲好的菸插進我嘴巴。這是我在意外後抽的第一根菸，雖然肺臟可以承受，但第一波湧入的尼古丁還是讓我的腦子暈眩起來。等到第二波尼古丁開始發生作用以後，我又再次感覺順暢了。

「妳都自己捲菸？」我問。

「從沒抽過其他種菸。」

我把手伸到置物箱中，挖出一包香菸後扔到她大腿上，「試一根。」

她仔細地檢查包裝，食指沿著邊緣摩擦，彷彿那是來自異國的物品。「駱駝牌？」她一邊讀包裝上的字母一邊說。「好抽嗎？」

「別告訴我妳沒抽過！」

「我說了，我只抽捲菸。你在沃拉納普抽不到其他的菸。」

「你的家鄉不賣任何『真正的菸』？」

「就只有一家店，而店主喜歡自己捲菸，所以囤的貨也都是捲菸。」

「妳是說，妳從來沒看過駱駝牌香菸？萬寶路？好彩？……」

「夥伴，我從來沒離開過沃拉納普。」

「別開玩笑了……」

「我說的是真的呀。第一次來到這個邪惡的大世界。」

「二十二、二十三年來都待在同一個鎮上……？」

「二十一。我剛滿二十一歲……」

「……好吧。二十一年來都待在同樣一個荒涼的小鎮上，然後妳告訴我，妳一次都沒有離開過？」

她就著大拇指間又擦亮了一根火柴，點燃一根駱駝牌香菸，深深吸了一口氣。

「如果住在沃拉納普，世界的其他部分根本不重要。那地方什麼都有。」她吐出一小口煙。「不算差……以美國佬的香菸而言。」她對我拉出一個大大的微笑，滿嘴的牙齒泛黃。

「所以，如果妳從未離開家，」我說，「為什麼現在決定離開？」

「在沃拉納普，這算是個傳統，滿二十一歲時就得上路，去看看這個國家。」

「有人回去嗎？」

「噢，當然，大家都回去了。我是說，如果你來自沃拉納普，就一定會對那裡忠心耿耿。」

「所有的家人都在那兒？」

「對，九個人都在那裡。」

「九個？」

「九個孩子……還要加上父母兩人……所以其實總共是十一個人。」

「妳是說，沃拉納普的人口中有五分之一就是『你們家族』？」

「沒錯……剩下的就是另外三個家族。」

我必須非常努力才能壓下臉上的訕笑。正是所謂的鄉巴佬呀。這個小寶貝是個世上難得一見的「小家子小姐」。她從一個只有四個家族的地方來，那裡沒有教堂、沒有工廠製造的香菸，而且從牙齒的狀態看來，八成連牙醫都沒有。突然之間，那些和我一起在緬因州中部長大的村夫簡直時髦極了……不過沒有一個像她一樣生氣蓬勃，也缺乏那種直爽的魅力。我偷瞄了她壯碩的腰腿，發現自己被激發出了男性幻想，幻想的結論大概是這樣：和她爽個一兩晚應該很有意思。

「你們家有幾個人，尼克？」

「就只有我。」

「其他人都死啦？」

「父母死了。沒有兄弟姊妹。」

「獨生子？」

「如果沒有手足，那就是所謂的獨生子啦。」

「沒有其他叔伯或表兄弟姊妹？」

「有一個年邁的阿姨在佛羅里達，我想……但我媽五年前過世，之後就沒聯絡了。」

「沒有其他人了？」

「沒了。」

「天哪……那感覺一定怪透了。」

「什麼？」

「就是說……要是你明天消失，也沒有人會在意。」

「沒有真正想過這件事。」

「獨行俠，嗯？」

「算是吧。」

「有點悲涼呀。」

我可以想見這段話會導向什麼結論，而我希望不要。因為每次只要我和一個女人走過這段「審訊之路」，兩人就一定會上床。我很清楚，「失落小男孩」的招數是個很有用的勾引把戲，但也代表我得花很長的時間談論父母，那可是我寧可跳過的話題。他們不是什麼怪物，但就是一對總是很沮喪的退縮老人，在四十幾歲時不小心有了我，此後總是對我的存在感到困惑。他們是「安靜沮喪」先生和「安靜沮喪」太太，兩人的宇宙從未延伸到過了一輩子的磨坊小鎮以外。他們非常節省，只會擔心必須多花三塊錢買新襪子之類的小事；即便在付清貸款之後，如果有人說，他們的房子會被拿去抵債，他們仍然深信不疑。我曾在十八歲時試圖逃離這個毫無樂趣的所在，但幾天後是聖誕，我又回去了；直到一九八七年，他們兩個人在六個月間相繼死去，我才真正離開。從此之後，我就幾乎不再談論他們，除非某個我想上床的女人問及這個沒有家人的「悲劇」。但是每當這個時刻到來，我就會用性格男星亨佛萊·鮑嘉風格的台詞避開這個問題：「從沒因此失眠過。」

然而安姬卻還想追問。「你是說，你很喜歡孤身在世的感覺嗎？」

「我只是習慣了，如此而已。」

「你難道不想屬於一個家庭嗎？一個社群？」

我說謊了。根據推測，要是我決絕地說了「不」，可能會在抵達布魯姆之前就失去打炮的機會，所以最好還是給一些模稜兩可的答案，像是「沒有碰到什麼機會呀」。

安姬對我露出一個同情的微笑，一臉「我願意當你朋友」的表情，還捏了捏我的手臂。「說不定哪一天就會遇到。」

我們在日落前跑了四百公里，一路上都聊個不停。安姬不停問我有關美國的小常識，想知道所有快餐店、六線道高速公路和三十六頻道電視的事情。我覺得她的直率很吸引人，不過對這個世界的認識真的少得可憐。沒聽過麥當勞？CNN？麥可・傑克森？還真是個幸運的孩子呀。

她還一直哼歌。都是六〇年代的金曲，像是〈快樂在一起〉、〈瑪莉來了〉，還有我幾乎無法置信的〈綠貝雷帽之歌〉：

家裡有年輕妻子在等待，
她的綠色貝雷帽見證了他的命運，
他為那些受欺壓者而犧牲，
留給她的只有遺囑，
把銀色之翼放在我兒子的胸口上，
使他成為美國頂尖的一份子……

我已經大概有二十五年沒聽過那首意圖殲滅越南人的老歌了，天曉得安姬怎麼會知道這首來自越戰年代的大帝國主義經典。根據她的解釋，因為無法在沃拉納普聽到任何商業廣播電台（太遠離人煙，接收不到訊號），她的音樂教育全來自幾位叔伯在四〇年代的收藏（那個有和平標誌的背包也是同一批人送的）。然而自從在一九七二年搬回沃拉納普之後，他們就再也沒有買過任何唱片了。

安姬還會哼唱〈好共鳴〉、〈鬧區〉、〈我們得逃離這兒〉這些歌曲。和她在一起的這一路上，就像在聽「懷念金曲」電台，只不過主持人對於當代流行樂的資訊有些落後。

「吉姆．克勞契的新專輯如何？」

「他死了。」

「這是專輯名稱嗎？」

當我向她解釋，這位把〈瓶中時間〉贈予世界的歌手後來死於一場七〇年代的墜機事件，她簡直呆若木雞。就像我和她解釋「阿奇士合唱團」在發行〈蜜糖，蜜糖〉之後就被人遺忘時，她也同樣震驚。不過，沒錯，尼爾．戴蒙還很強健，只不過現在為數最多的粉絲都是抑鬱的中年婦女，那些婦女身邊一定有最愛的填充玩具陪伴。

就在安姬歡唱走調版本的〈甜美的卡蘿琳〉時，我們開進了名叫「霍爾之溪」（Hall's Creek）的小城市，也是地圖上第一個適合人居的小點。那是個一眨眼就可能錯過的小城市：一條主要道路、幾條延伸出來的次要道路、一間郵局、一間超市和一家酒吧；我們在酒吧中吃了火燒牛排配上軟爛的薯條。為了把這堆無味又軟爛如蛆的食物吞下去，我們灌了六罐出口牌啤酒，安姬甚至上演了一場狂飲啤酒的驚人大戲：先是連續猛灌了四罐，然後為了再叫六罐冰啤酒，又在櫃檯上丟了十塊。

「妳還真能喝，」我說。

「只要住在沃拉納普，就一定很會喝酒。」

就在安姬又彈開一罐啤酒時，一位大約二十歲的男子蹭到她身邊。他身穿牛仔裝，頭上還戴了一頂斯特森牛仔帽。他已經醉了，所以對她露出一個屬於醉漢的燦爛微笑，逕自從她買的啤酒中拿了一罐。

「日安呀，美臀小姐。」

「放回去。」

他拉開啤酒後大口灌入喉嚨，滿出來的泡沫流滿臉頰。「妳想怎麼樣呢，美臀小姐？」

「我說，把罐子給我放回去。」

他又從啤酒罐中胡亂吞了一口啤酒。「現在有點遲了，不是嗎？」

她冷冽地瞪了他一眼。「你真是個豬頭。」

「所以妳身邊的傻子打算怎麼做呢？」

安姬立刻走下吧檯凳子，把臉直接湊到牛仔先生面前。「他沒打算做什麼，」她說，「這是我們兩人之間的事。」

「這倒是真的，屄腦妹。」

她非常冷靜，語氣也非常平穩。「收回那句話。」

「操妳的！」

「不，老兄，操你！」突然，她伸手抓向牛仔先生的胯下，把他的卵蛋當成訓練球般用力捏住，一邊扭一邊冷靜地說，「道歉。」

不過那傢伙已經無法道歉，他的臉色發青，悲鳴著拜託安姬放過他。酒吧中至少有十幾個硬漢，但沒人說話，也沒人試圖勸架，只是一副不關己事的鳥樣。安姬發現得不到口頭上的道歉了，隨手把他扔開。他撞上桌子，發出一種類似野生動物受傷後的哀嚎。安姬單手抓了剩下的啤酒罐，另一隻手抓住我，然後說，「該回去啦，美國佬。」

我們冷靜地走向門口。不過一走到路上之後，兩人立刻開始小跑步，接著快速衝回車內。我發動引擎後立刻駛向夜色，離開霍爾之溪之後，我們連續好幾英里都一言不發。一旦被荒野中安全的黑色空無包圍之後，安姬才叫我把車停在路邊，關掉車燈，坐在黑暗中瘋狂地尖笑出聲；然後她打開一罐啤酒，全倒在自己頭上。

「真是太操他媽的精彩了，」她大吼。「祝那個豬頭早日超生！」

現在應該換我拿啤酒澆頭了，不過安姬直接拿了一罐，搖晃後噴在我臉上。我跟著玩，緊張地大笑，不過同時又一直在想：她還真是個來自「荒野西部」的女人呀。

「記得提醒我，千萬不要找妳打架，」我說。

「你贏不了的，朋友，贏不了的。」

她先採取行動，跳到我身上，抓住我的後腦杓，給了我一個又深長又墮落的吻。我還沒有意會過來，就已經被她從駕駛座推到後座地板。她用雙膝把我釘在地上，從中間把T恤扯開，然後開始對我的胸部進行吸吮攻擊。這種感覺就像是被職業摔角手勾引，但我整個人頭暈目眩，所以只是躺在那裡任由她進行攻擊。

這場攻擊就像所有攻擊一樣殘酷而短暫。等到所有低吼聲停止之後，她的額頭無力地頂住我的額頭，然後雙手捧住我的臉，用力地盯著我的眼睛，盯了好久。

「沒錯，」她最後說了。「你還行。」

6

第二天下午，我們到布魯姆的路途剩下不到一半之後，我開始變得緊張。我的不安其來有自：安姬暴烈的熱情。那熱情無止無盡，深不見底。之前在車子後座，她那場彷彿希臘羅馬戰士的搏鬥只不過是肉欲饗宴的開胃菜。在第一輪猛攻之後，我們精疲力盡地睡去，兩小時後，第二輪的閃擊戰又開始了。就在黎明之前，她又把我搖醒，要求來次口交。她叫我起床的方式也充滿獨創性：通常等我驚醒的時候，她早已把我剝光，一邊刺激我的小老弟一邊在我耳邊大吼，「來吧，該起床啦！」在還有二十英里就抵達布魯姆時（當時我正在換檔呀，老天），她又爬到我胯下工作，我便決定該抗議一下。

「放過我的小老弟吧，安姬，」我盡量輕巧地把她從胯下推開。

「拜託，很好玩耶。」

「現在時速六十，很危險。」

「那靠邊停。」

「妳今早還沒玩夠嗎？」

「怎麼可能。」

「反正我是玩夠了。」

「原來我遇上了一隻老牛呀，嗯？」

「一隻累壞的老牛。」

「看來我得幫你恢復點精力了，愛人。」

愛人？我嗎？

好不容易中止了她的性愛轟炸，卻還是得忍受三個小時的愛撫。在前往布魯姆的一路上，她一直用手臂繞住我的脖子，啃我的耳垂。我懷疑她在模仿〈青少年戀愛〉的歌詞。

我終於說了，「妳一直都很迷戀耳朵嗎？」

「沒。你的耳朵是我的初戀。」

「我的耳朵有什麼特別？」

「沒什麼特別。就是我第一次啃的耳朵。」

「妳以前的男友從不讓妳像『兔巴哥』❹那樣咬耳垂嗎？」

「沒交過男友。」

「別唬爛了。」

「沒唬爛呀。我是說，住在沃拉納普，大家幾乎都是家人，要怎麼交男友？如果跟親戚搞起來，太變態了吧……跟兄弟也不行呀。」

我突然覺得有點暈眩。

「妳是說……」

她露出一個小女孩的微笑，然後用手臂緊緊繞住我的脖子。「沒錯，大男孩，你就是我的『第一人』。」

哇操！哇操！哇操！哇操！

我緊緊抓住方向盤，眼睛望向深紅色的沙土，一句話也沒說。不過腦中的空襲警報大響，提示我立刻會受到飛彈襲擊。對於一個賭徒而言，和一個貪婪的處女進行毫無保護的性行為，簡直像是中了頭彩。但對我來說呢——對於一個總是避免任何自毀

❹兔巴哥（Bugs Bunny）是華納影業著名的卡通角色，以狂咬紅蘿蔔的姿態著名。

行為的人來說呢——這簡直像是進行了一場神風特攻行動。這也是我一到布魯姆就要想辦法脫身的自殺行動。

「你是在生氣還是怎樣？」安姬終於問了。

「妳應該先告訴我……」

「告訴你啥？」

「我是妳的『第一人』。」

「你不是認真的吧，朋友？」

「我是認真的。非常認真。」

「有什麼差別嗎？」

「就是一件該讓男人知道的事。如此而已。」

「怎樣，如果知道了就不會上我了嗎……？」

「我不是那個意思。」

「那到底是什麼意思？」

「妳有吃藥嗎？」

「這不是昨晚就該問的問題嗎？」

「所以，妳有吃嗎？」

「沒。」

我握著方向盤的雙手變得更緊了。她又對我的左肩開玩笑地狠揍一拳。

「拜託，尼克男孩，不用抓狂啦。你真的沒什麼好緊張。我的月經再五天就來啦。沒事的。不用擔心。」

「真的？」

「操！」她講完後轉身，一臉惱怒。

「抱歉。」

「一點也不真心。」

她說得沒錯。我一點也不真心。事實上，我只覺得大大地鬆了一口氣，就像某人一直在開一輛不安全的汽車，然後發現自己有保無過失險，就算發生了意外，也能一走了之。因此，儘管剛剛的問話缺乏技巧，我也沒有進一步道歉的意思，因為我真心希望她開始討厭我，也希望她覺得我是個徹底的渾球，然後一到布魯姆就把我甩掉。通常只要一直激怒她們，她們就會滾啦。如果想要當個自以為是的玩過就跑的行家，這可是首要通則。

不然，至少，我希望在越過布魯姆這個小鎮之後，她就能快滾。太陽剛下山，我們之間已經超過三小時沒講話，車內的氣氛彷彿一觸即發。我在離村莊中心一到二英里處找到了一個營地，然後在一個安靜的角落停下來。我把手放在安姬的肩膀上，準備開始一貫的「很高興認識妳……祝妳人生順遂」的標準廢話，但她突然抓住我的左臂，把我從座位丟到後座。我們又開始了……只不過這次她把我粗野地壓制在地上，顯然少了點情愫。她坐在我的胸口上，雙膝把我的肩膀壓在地面，我實在不是很舒服，所以想起身，但她用一個拳頭從我的嘴巴壓下去，另一隻手開始解我的皮帶釦。

「一個字都不准說，」她一邊說一邊解我褲頭的釦子。「一個鳥字都不准說。」

時間回到久遠以前的一九七七年，當時我在羅里（Raleigh）的「新聞與觀察家」的主播台上，正在開心地重寫一個來自合眾國際社的報導，內容是一個來自猶他州的瘋狂婊子，她迷戀上一位摩門教的傳教士，所以跟蹤他到英格蘭，還付錢請了兩個小跟班綁架了他。然後，等到兩人終於在一間荒僻的郊區小屋獨處之後，她把光溜溜的他用鐵鍊綁在床上，拿手槍頂住他的頭，然後說，「奮起吧，布利罕❺。」當時我的同事都不停地拿那個畏畏縮縮的摩門教徒開玩笑，還說那個呆瓜應該感激自己受到如此「火辣」的招待。不過私底下，我猜大家都覺得這故事很噁心。因為在男人心底根本無法接受女人主導性愛，更何況，她手上還揮舞著一把點三八手槍。

雖然安姬手上沒有揮舞任何東西，但我還是嚇壞了。和她性交就像重現被高盧人打劫的歷史場景——三分鐘內就被各種手法吃乾抹淨。她不是在做愛，而是在打劫。不細緻、不溫柔。她表現得就像任何床上的男人一樣。

確實，我知道她這種侵略性的示愛表現有點危險，但也必須承認，從我愚蠢的男性觀點看來，能被如此「關愛」也挺榮幸的。我的意思是，並不是每天都會有女人像推土機一樣壓到你身上，或者每兩小時就嘮叨著要你跳到她身上。所以，雖然腦中有個微弱的理智聲響告訴我，「在事情變複雜之前甩掉這個妹吧」，但那聲響卻又立刻被另外一個口氣低沉的壞男孩淹沒，「只有沒骨氣的屁蛋會放棄這等好事……坐回去，好好享受這場派對吧，反正你何時想結束都可以。」

當然，我覺得壞男孩的建議比較睿智，所以對安姬的大肆進攻全無抵抗。等到她低沉地粗吼一聲，從我身上滾下去之時，我已經把那段道別演講吞了回去，也完全沒

❺此處指布利罕．楊，或譯楊百翰（Brigham Young，1801-1877），曾率領摩門教眾穿越沙漠尋找應許之地，另有暱稱「現代摩西」或「摩門教摩西」。

有拒絕她的示好。

「你還是喜歡我，對吧？」她像「湯姆貓」般邊磨蹭我邊說。

我點頭，微笑。

「不會再吵架了，對吧？」

「對。」

「我們會在一起，是吧？」

我又點頭，現在換成她微笑了。

「我就知道我們合得來，」她說。「一看見你就知道了。」

這話聽起來不太對勁，但我又想：是啦，我們兩個應該能合得來，至少到下個週末都合得來。但是等時間一到，我還是會自己上路。

不過有趣的是，我們在接下來的幾天確實合得來。事實上，我們處得……真的挺好。布魯姆不是你在內陸會看到的爛地方，反而帶有一些舉世共通的特徵。這是一個有點歷史的漁村聚落，澳洲白人較少，馬來人和玻里尼西亞人比較多；過去一百年來都在經營採集珍珠的產業。這是一個我能夠理解的小城市，類似緬因州的海港，只是換成熱帶的版本，其中的房子因為氣候而斑駁；這裡也像一個十九世紀的邊區村落，擁有不錯的酒吧，居民對於人生抱持懶散的態度。在這種鬼地方，人們總是看起來宿醉未醒，即便缺乏生產力，也會被視為美德，而最積極的人生態度就是好好留出鬍碴。你絕對不會在十一點之前起床，而且會把大部分的時間揮霍在沙灘上——沿著印度洋延伸一英里長的白熱卵石灘。

安姬從未看過沙灘，從未看過海浪碎在灘上，也從未嘗過冰冷的海水花。看到她驚奇地觀察這個充滿陽光與海浪的新世界，我也不禁開心起來。雖然過去二十一年，她都被困在內陸，卻還是像其他澳洲人一樣了解海灘生活。在這裡的第一天，她花了一整天的時間觀察海灘上的情侶，然後立刻把我拖去買了一堆海邊必要的裝備：竹蓆、飛盤、海灘球、玻里尼西亞風情的上衣、傑克·科林斯的爛小說，還有一個裝滿冰啤酒的小冰桶。我們一天喝掉一箱啤酒，抽掉三包駱駝菸，連續九小時動也不動地坐在沙灘上，旁邊堆滿外賣食物：炸魚薯片、沙嗲串、泰式炒麵、春捲，偶爾還有起司漢堡。然後，等到太陽下山，我們會再晃進城鎮中心，買一瓶便宜的甜白酒，從中餐廳外帶一些咖哩蝦，在城鎮中心的戶外影院「太陽電影院」裡，一邊看電影一邊吃光光。接著我們用雙球冰淇淋犒賞自己，回到車內，進行如同有氧運動的激烈性愛，最後幾乎把食物全都吐出來。

太陽、沙灘、衝浪、性愛、酒、食物。一天一天過去，我們不停地暴飲暴食、狼吞虎嚥，然後變胖。我們甚至開始喜歡上彼此。安姬時時刻刻讓我感到驚奇。這或許是她第一次看到沃拉納普以外的世界，但沒讓自己表現得像個鄉巴佬。她甚至激烈地擁抱現代生活……而且對什麼事都有自己的意見。在購買所有海灘裝備時，她也買了一台隨身聽和十幾張卡帶，然後把所有當代的時尚偶像臭罵了一頓，從瑪丹娜（不過就是個金髮蠢貨）到U2（天殺的矯情淫蟲）都不放過，我於是立刻對她有了好感。有一次，她在「太陽電影院」看了三部電影，一副自己是寶琳．凱爾般地抱怨凱文．科斯納的演技有多僵硬，湯姆．克魯斯又是如何冷笑個不停（不過屁股挺翹的）。有一次，她整晚都黏在酒吧的電視前看CNN，然後說，「是還不錯……但為什麼同樣的報導要他媽的報個不停？」

她的直覺也非常準，嚇死人的準。在布魯姆的第五個晚上，我們終於在凌晨三點被某間酒館趕了出來，只好流落到沙灘上，然後一直待到太陽升起。那是一個無比清澈的夜晚，天空的星星多得像一場巨型煙火秀。我們兩個因為酒精而無比歡愉，就這樣倒在沙灘上，努力想把眼神專注在天空中由星星排列出的煙火秀。

我們盯著銀河，彷彿冥想般沉默了幾分鐘，然後安姬突然沉靜地說，「你再過幾天就要甩掉我了，是吧？」

當下我說，「鬼扯。」同時心中懷疑，「我有這麼好看透嗎？」

安姬沒有把眼神從天空移開。「才不是鬼扯，」她的語氣一樣冷靜。「你就是會這麼做。」

「別說了……」

「你一直都這樣。」

「妳怎麼知道。」

她勉強笑了一下，接著說了，「相信我，朋友，你臉上寫得很清楚。你一直都是這麼幹的。」

對於這項指控，我無言以對，大概只能說「罪證確鑿」，所以只好保持沉默，任由自己繼續徜徉在無垠的宇宙中，直到安姬小聲地說了一句話，才又把我帶回了塵世，「該死的渾蛋。」

我還來不及回應，她就走開了，沿著沙灘愈跑愈遠，結束了我們為期一週的享樂。

我知道她希望我怎麼做，我知道她希望我去追她，但就算追過去又能說什麼？又是一輪「我很抱歉」的屁話嗎？或是一直以來在分手時最受歡迎的台詞，「我們做個朋友吧？」不可能。這種關係的保存期限不長；正因為知道時間不長，才會開始這種關係，而且通常過了大約一週後，時間也差不多了。當那個時刻到來時，如果還試圖延後這無法避免的終局，或者再苟延殘喘個幾天，都只是愚蠢的行為。所以我任由安姬奔入無盡的夜色，心想終究會在車子那裡碰頭，等到那個時候，我再開始進行「道別演講」吧——那場一週前就該進行的演講。

不過我回去後卻沒看到她的蹤影。由於神智仍然不太清醒，我直接在一張小床上攤平睡著了。五、六個小時過去了。我醒來時，安姬坐在對面的床上，軍用背包就放在腳邊。臉上有疲憊的黑眼圈，眼中的水光暗示她剛剛才哭過。

「什麼時候回來的？」我口齒不清地問，腦子還沒完全清醒。

「一個小時前。」

「沒聽見。」

「你整個睡昏了，所以沒聽見。」

「妳睡在哪裡？」

「海灘上。」

「該死。」

「對呀，真是該死。」她起身，抓起軍用背包。「你想要我走，是吧？」

「安姬……」

「別再說你那些屁話了，尼克，」她說，聲音非常嚴厲。「是或不是？」

我發現自己盯著她的腿，心想能否在把她趕走前來個道別的一炮？所以我伸出雙臂，把她拉過來。「到床上來，」我說。

「這就是你的答案？」

「嗯哼。」

「你真的想和我在一起？」

「對，真的想。」

「你確定？」

「確定。」

「很好，」她剝掉身上的T恤。「真的很好。」

因為又宿醉又疲累，我們並沒有在床上把彼此生吞活剝。結束之後，我立刻昏睡過去。只不過這次，我似乎真的墜入了一片全黑的昏迷世界，當中時不時地會出現一些閃爍燈泡發出的刺眼光芒，反覆短暫地照亮一些非常怪異的場景。

像是安妮用繩索綁住我的手腳……

然後用皮下注射的針筒從一個小藥瓶中抽藥……

然後把藥劑打入我的手臂……

真是一個怪夢。不過在再次落入黑暗之前，我確定在二頭肌上感到了一陣刺痛，也確定自己聽見了引擎啟動的聲音。接下來，車子駛離營地，然後車子的底盤在離開主要道路之後，不停地發出吱吱嘎嘎的震動聲。

但是這之後，我又沉入了一整片黑暗的深淵，還在那裡待了好幾天。在一片空無中，我感到快樂又安全。

直到我醒來之後……

第二部

核戰已經宣布開打。美國已經對某位瘋狂的阿拉伯獨裁者擺出迎戰姿態，因為他威脅要把夏威夷變成伊斯蘭共和國的一部分，而他的穆斯林戰士已經佔領了威基基海灘，還強迫草裙舞女孩戴上面紗。大規模的焚毀雞尾酒小雨傘的儀式已經在沙灘上展開，任何被發現提供邁泰雞尾酒❻的餐廳，就會立刻遭到掃射。持有「何大來」❼唱片者則立刻處以死刑，「藍色夏威夷」的盜版影片在黑市喊價到一片一千元。然而，穆斯林對影集「檀島警騎」主角傑克・洛德進行的宗教裁決，才真正耗盡了華盛頓方面的耐心，於是美方推出重裝火力。四支兩百萬噸級的火箭從鹽湖城之摩門禱告中心的祕密發射井中發射，卻沒有擊中太平洋中原本預定的目標，反而瘋狂地偏離軌

❻ Mai Tai cocktail，口味類似綜合果汁的熱帶水果風味調酒。
❼ Don Ho（1930-2007），著名夏威夷歌手。

道……砸進我的太陽穴。

張開一隻眼睛是我犯的第一個錯誤。陽光擊中視神經，引發了一連串的爆炸，彈殼碎片飛到腦中的每一個角落。一陣陣微弱的閃光接連出現。一整排長筒靴士兵被送去滅火，卻只是用刺刀不停戳弄那些火苗。在此同時，我的雙耳中彷彿不停發出巨大的防空警報。

接著我張開了另一隻眼睛。此時光線亮到瞳孔彷彿被尖銳的鉛筆刺了進去。然而等我把雙眼閉上，作嘔的感覺立即襲來。一陣深層的力量衝擊我的腸胃，接著就是狂吐；我的嘔吐物噴射了好幾碼遠，而膽汁更如同印表機在地面拉出漸層。吐完之後，我又昏死過去。

我不知道這次昏迷了多久，但再次醒來時又把午餐幾乎吐光了。我躺在身邊一整片乾掉的嘔吐穢物當中，臉上還有在布魯姆吃的最後一頓晚餐的殘餘物（泰式炒麵吧，我想），嘴巴裡的味道簡直像一個便桶。我想要立刻衝去最近的淋浴間洗澡，但試圖起身時，卻發現身體完全沒了力氣，再加上抬頭時感到強烈的暈眩，我隨即雙眼發黑，又昏了過去。

一陣神聖的聲音傳來，對我言語：「操，你全身都是嘔吐物。」

然後出現了水。如同尼加拉瀑布般大量的水。那是一根水管——我的臉和身體都能感覺到水管噴射的力量。身邊的牆面和地板也接受了如同洗車般的清潔待遇。然後我抬頭，因為水柱力量太強，我幾乎無法看清拿著水管的人是誰。

水柱攻擊結束了。門被甩上的聲音。我又再次孤獨一人。雖然身體還很虛弱，沖洗之後的腦袋至少清醒了一點，也才能開始觀察四周的環境。我位於一個沒有窗戶的小棚屋中。這是一個不比廁所隔間大的小空間，建材是粗糙砍下的木頭，屋頂是低矮的瓦楞板。除了身下那張凹凸不平的老床墊和一個錫桶之外，整間棚屋空空如也，但空氣中仍飄浮著一股禽類腐爛的氣味。此外，地板上有一塊塊乾掉的赤紅色汙跡，所以或許有一兩隻雞在死前曾到這裡走了最後一程。

我勉強可以應付死雞的臭氣，但熱氣又是另一個問題。在離開達爾文之後，我經歷了抵達布魯姆的旅程，以為自己已經習慣了伴隨灌木叢的熾烈氣候，但我錯了。這個空間就像微波爐一樣——一個預熱過的煉獄，幾乎可以讓人立刻脫水。幸好，在被丟進這裡之前，有人已經先把我脫到只剩短褲了；不過才幾分鐘，我又變得汗流浹背。我還是怎麼樣也站不起來。到底為什麼變得如此虛弱？

然後我看見手腕和腳踝上的大型紅色傷口，還有左臂二頭肌上那片醜陋的紫色瘀青。傷口＝繩索；瘀青＝皮下注射針頭。就跟我那個亂七八糟的夢境一樣。

啊，一切都似曾相識！

突然之間，我害怕起來，怕到我開始用力狂踢棚屋的牆壁，而且尖叫得像個神經病。

門突然打開，我往上看，但只看到另一波水柱。這波水柱害我從側邊滾下床墊。經過這波短暫而激烈的衝擊之後，剛剛的聲音又出現了。

「冷靜，」那聲音說。「立刻冷靜下來。」

站在我面前的是個大約五十歲的矮小男子，灰髮往後綁成馬尾，一副老奶奶般的眼鏡掛在鼻梁上。髒髒的鏡片上有小裂紋，破爛的鏡框用黃色美容膠帶勉強修補起來。剪短過的牛仔褲看起來破破爛爛，大概穿了二十年左右。他那件看來被衣蛾咬過的盜版「普洛克哈蘭合唱團」T恤也差不多老。

「你這該死的是誰呀？」我口齒不清。

「我是葛斯，」他說，「安姬的叔叔。」

「安姬！」我大吼，又是一次長而瘋狂的嘶吼，但很快便結束了，因為葛斯走過來甩了我一巴掌，然後蹲在我身邊，「叫老婆來也沒用，小子。」

我的胸口感到一陣驚慌的重擊。

「老婆？」

「對呀，」他拍拍我左手無名指的金色戒環。「老婆。」

我開始邊踢邊尖叫，像一個陷在陣陣瘋狂脾氣中的嬰兒。因為實在太不乖了，所以臉上又被葛斯甩了一巴掌。

「抓狂也沒用，尼克，」他的語氣隨便、悠閒。「反正藥效退去之後，一切會變得舒服、美好許多。」

「藥效？」

「氯丙嗪。就是你們那裡稱為米奇芬的『加料』飲料。我想她應該是每隔八小時給你兩百微克，至少我是叫她這麼下啦……」

「你？」

「我是，欸，這裡的藥劑師，」一抹詭異的微笑閃過他的嘴唇。「順便抱歉一下，那個，你手臂上的瘀青。安妮是個好孩子，但皮下注射技術超爛。總之，你的血液中大概已經被灌了兩千三百微克的藥了……」

「你說多少……」

「足夠讓你昏迷三天半就是了。所以囉，你大概得花上十二小時左右才能恢復正常。」

「我已經昏迷了三天半？」

「我就是這個意思。」

「該死！我在哪裡？」

「沃拉納普。」

胸口感到第二波驚慌的重擊。

「安姬的老家？」我問。

「沒錯。」

我閉上雙眼，嚇得一個字也講不出來。葛斯一定是嗅到了恐懼的氣味，所以在我右肩上安撫地揉了揉，「聽著，小子，我知道你現在腦中一團亂，而且在想自己到底陷入了什麼詭異的場面，但我保證，等你恢復之後，我們會立刻向你解釋清楚。在此同時，我建議你先躺下，放鬆，然後……」他把手伸進短褲口袋，掏出一瓶罐子，拉開拉環，「……喝點啤酒。」

「操你的啤酒，」我說。

他把啤酒放下，臉向我貼近，「別以為你能用那種口氣跟我說話，小子。」

我對他吐口水，在他臉頰上留下一大攤黏液。傲慢的態度為我換來了第三個耳光。這次會痛。

「我會假裝剛剛的事沒發生，」他說，然後用T恤下襬把臉擦了擦。「我打算歸咎於安姬給你打的藥，然後立刻忘掉。不過要是你再幹一次，就等著用斷掉的手指撿起你的斷牙。」

「我為什麼在這裡？」

「之後再說吧，小子。」他站了起來。

「你不是要把我留在這裡吧……？」

「在盛大的歡迎會之前，我得讓你的藥效全退掉。」

「誰要辦歡迎會？」

「還用問嗎？當然是你老婆和其他家人。」

「我沒老婆，」我大吼，「也沒家人。」

「噢，有唷，你有老婆。」他開門。「幾個小時前有的，」他說。

「我會被活活熱死。」

「不會，你會活得好好的。總之，汗流得愈多，那些剩下的藥才會愈快離開你的循環系統。如果開始不舒服，就喝我留給你的啤酒。」

「拜託……等等……」我大吼。

但他還是走了。我又再次陷入黑暗中，腦中一片狂亂，不可置信地感到驚慌。**老婆……家人……沃拉納普？**變態的玩笑、變態的玩笑。拜託，誰來告訴我這只是個變態的玩笑。

2

接下來的十二小時可不有趣。我常常猜想狂飲伏特加之後的醒酒過程會有什麼感覺，或者戒除海洛因會有什麼感覺，現在我終於知道了。首先是狂流汗，口乾舌燥，然後是狂瀉，再來是發抖。還會有芮氏規模的抖動伴隨夜間盜汗。我的床墊因此變得像塊濕海綿，我的身體則是瘋狂地忽冷忽熱。一開始，我還像是在熱帶，接下來又像在阿拉斯加。棚屋的牆面開始彎曲，彷彿隨時要塌在我身上，害我嚇得死死抓住床鋪，像一個困在幻想雲霄飛車中的人。我整個人既狂暴又躁動，完全失控，彷彿隨時都要脫軌。

嘩啦。

水。水像鉛彈一樣擊中我。我抬頭，讓水砸在臉上，然後張開嘴巴，試圖消滅掌控喉頭的噁心乾渴感。透過噴向我的大水，我可以看見葛斯揮舞著水管，老奶奶眼鏡像泳鏡般滿是水氣。

「起來，」他叫得比水聲更響。

「不行。」

「可以，你行的。」

「不……」

「再過兩分鐘就沒水了。沒水，就沒辦法洗澡。小子，你自己看著辦吧。」

這實在需要超大的意志力，但我還是想辦法站了起來，用那如同果凍般的雙腳勉強撐住身體。

「去他媽的太讚了，」葛斯說。「現在自己想辦法洗洗。」

他丟了一大塊棕色肥皂給我。就落在我腳邊。我得使盡全力才有辦法撿起來。肥皂上黏滿砂礫，發出一種藥臭味，聞起來似乎能殺頭蝨。我搓出了一些有氣無力的泡沫，其中的殺蟲劑味道滲入了臉上的鬍鬚。

「最後沖一下，」葛斯說，用水柱上上下下沖洗我的身體。然後水停了。「用這個擦身體，」他丟了一條不比抹布大的髒毛巾給我。

「告訴你，尼克小子，你得到的已經是皇家級的待遇了。我的意思是，沃拉納普的水超級稀少，所以，這幾次沖涼算是紅地毯前的禮遇。這全是你老婆該死的堅持，說我們必須讓你覺得舒服、清爽。你也知道安姬這傢伙——如果不照她的話做，她可不會輕易罷休。」

「我『沒』結婚。」我說。

葛斯又對我露出一個彷彿嗑過藥的微笑。「我們嘴上都是這麼說的，小子。差不多擦乾了嗎？」

我點頭——但那條毛巾小得幾乎沒用，而且上面滿是汗漬。不過就算那條破布吸收不了多少水分，沒幾秒後也會被熱氣處理掉了。

「好，接下來，給你些乾淨的衣物。」

他遞了一小捆衣物過來。確實是我的衣物：Fruit of the Loom的內褲、白色的GapT恤、卡其色短褲和L.L.Beans的帆船鞋。有那麼一瞬間，那些來自美國的品牌標籤讓我不寒而慄。我還記得每一件衣物購買的時間和地點：T恤和內褲是去年五月在波特蘭的「緬因賣場」買的；短褲和鞋子是九一年六月的某天凌晨三點，我睡不著，所以從奧古斯塔（Augusta）開車往南到五十英里外的費利浦（Freeport），最後在賓恩（Bean）一間二十四小時商店買的。我過往的生活呀。鄉愁是最殘酷的痛楚，更何況，這場流亡完全是你自找的，或者說，是你把自己弄到一個自己也無法理解的地方。一切都超出邏輯所能解釋的範圍。根本就是瘋了。

「你在哪裡找到我的衣服？」

「在你家，不然咧。」

「我沒有家。」

「安姬可不會希望聽到你這麼說，小子。她可是為了你把房子裝修得超美。」

我輕柔地開口探詢。每字每句聽起來都像是心智遲緩的人在說話：「拜託。告訴我。我、為什麼、在、這裡？」

「冷靜。迷霧很快就會散去。」

「我真的很需要答案。」

「耐心點，小子。記住：只要你能為整場派對帶來正面能量，我保證你會得到回報。」

該死的怪咖呀。大概嗑了太多魔法蘑菇了吧，還以為自己一直住在海特與菲爾摩街區咧。想辦法講點人話吧，王八蛋。

「快點穿衣服，」葛斯說。「大家都在等著見你。」

在我穿衣服時，葛斯看到床上沒開的啤酒罐。「該死，你沒喝啤酒。」

「感覺噁心，不想喝，」我說。

「現在喝掉。」

「不用了，謝謝。」

「還覺得難受？」

「非常難受。」

「不能怪你，這裡臭翻了。那個屎桶看起來也差不多滿了。」

「你操他媽的驚訝嗎？」

「那種負面能量不會為你贏得夥伴唷，尼克小子。」

「去你的能量。我要離開。」

「除非你喝光那罐啤酒。」

「太噁心了。」

「要是不把那罐酒立刻灌下去，等一下會更噁心。外面有四十九度——如果體內沒水分，你一定馬上就垮了。所以，想出去，就得喝。」

我沒得選，只好照著他的話做——光是想到得繼續困在這個雞舍裡，就讓我心生恐懼，所以只好拉開拉環，快速大口喝光。喝起來像熱湯。酒流到胃部時，我得使盡全力才能忍住嘔吐的欲望。本來就已經朦朧的腦子也變得更昏沉。所以才過沒幾秒鐘，我就醉癱了。

「幹得好，」葛斯看著我把空罐子丟進屎桶裡。「只要繼續這麼喝，你就能融入這裡啦。準備好迎接你的盛大歡迎會了嗎？」

「大概吧。」

「棒呆了。」

他把門打開幾英寸，大吼「要出來啦」，然後把門關上，轉身面向我。「好，最後檢查一下，」他上上下下看了一遍。「頭髮還是一團亂，我個人倒是不介意啦。不過小子，你也知道，第一印象還是挺重要的，是吧？」

我用手指把濕答答的亂髮梳了幾下。

「好一點了嗎？」我問。

「頂尖啦，小子。你完美得像幅該死的油畫。」

他戲劇化地把門用力拉開，突然之間，棚屋內滿滿都是光。一整片刺眼的白熾光。那種會讓重獲新生的基督徒狂喜的聖經式光芒。就連矮短的葛斯在這非凡的光線中都高壯起來。接著，他彷彿天堂門口的聖彼得，抓住我的手臂後說：

「歡迎來到你的新家。」

我們一起走入光裡。

一開始，我什麼都看不見。四天的禁閉讓我的雙眼無法面對高瓦數的亮度，所以一切都無比模糊。我踏出了幾步，但動作很遲疑，腳也抖個不停；為了讓我站直身體，葛斯必須用手臂環住我的腰。我的肺臟努力想要吸入新鮮空氣，但全是些燒焦的氧氣——被白日曝曬過的熱氣和有害臭味悶過的熱氣。彷彿燒煮過的汗水散發出重重的惡氣。

我隱約感覺到有人群在身旁——二十幾張嚴肅的臉孔盯著我，氣氛沉悶又緊張。他們的沉默如此懾人、充滿不信任，讓我覺得自己像是一名該死的罪犯，而身邊圍繞的則是來看我送死的暴民。隨著雙眼慢慢習慣了光線，我可以看見一堆紮染的T恤、黏呼呼的頭髮、喇叭褲、舊約時代的鬍子、幾個裸體的嬰兒和一堆爛牙齒。這是一群住在時空裂縫中的居民嗎？泥土路旁全是粗製濫造的棚屋，一群枯瘦的狗在人群腳邊吠個不停，還有——操，這不可能——竟然有一座五十英尺高的垃圾山矗立在這座貧民窟中，這就是所有臭氣的來源。

「嘿。」

我認得這個聲音。我認得環繞住我的結實手臂。我認得那舌頭伸到喉嚨深處的吻和足以讓胸腔爆裂的擁抱。

「你還好嗎，愛人？」

我抬頭看向安姬。她的雙眼閃耀著令人膽寒的勝利光芒。

「他端正吧？」她對群眾大吼。「他時髦吧？」

她轉身看我，臉上出現那種專門施捨給家犬的情感。「我的小老公，完全屬於我的美國佬。」

「賤貨，」我小聲咒罵，隨後昏倒在她懷裡。

3

一張床。一張又大又妥當的床。上面還有軟軟的床墊。乾淨的床單。羽毛枕頭。此外，在距離不遠的空氣中，還飄來咖啡和炒蛋的香氣。室外，一群清晨的笑翠鳥正在歡唱。室內，一隻完全不同的小蜂鳥正在唱一首輕快又刺耳的老舊音樂劇歌曲：

「**我覺得自己漂亮，如此漂亮，我覺得自己漂亮、風趣又開朗！**」

這是什麼新的折磨法？他們先是把你關進雞舍，現在又把你丟進婚姻？

「早安，親親。」

親親。也就是**親愛的**。只不過多了些婚姻中的親密感。我過了一陣子才把思緒整理好，然後開始觀察自己身在何處——又是一次從「昏迷世界」回來。

「有睡好嗎？親親？」

事實上，的確睡得挺好的。我至少睡了八小時，而且體內也沒藥。如果目前腦子相對清醒的狀態確實可信，這幾天來，我終於第一次覺得自己是個正常運作的人類了。虛弱，但頭腦清醒。

「來一點美味早餐嗎，親親？」

之前的我一定會拿話中的暗示開玩笑，但今天早上的我只覺得餓壞了。

「給你弄了兩份炒蛋、吐司和咖啡。但是葛斯說，你得慢慢進食——因為之前的四天，在你不舒服的時候，除了存活必需的葡萄糖和水，你什麼都沒吃，現在可不能小看這些固體食物。」

不舒服的時候？怎麼不說「被下藥的時候」，我的甜心，或者「被脅迫的時候」也行。如果不是餓到不行，我一定會把炒蛋摔到她臉上，然後立刻要求她給我個解釋。不過腦中還是有個微弱的聲音要我謹慎行事。在我搞清楚這場荒謬劇之前，最好還是先陪她演下去。畢竟我的「老婆」即便沒有拿鎮靜劑注射我、誘拐我，也沒有把藥效正在消退的我關到雞舍內，但絕不代表在我做了讓她不開心的事情後，她不會想出其他懲罰的手段。總之，現在最好先不要激怒她。最好先給這個賤貨一個感激的大微笑，然後吃掉那堆硬邦邦的炒蛋、冷吐司和稀咖啡。

看到我感激地對她拉開燦爛的微笑，她好開心，於是也一邊燦笑一邊盯著我吃早餐，看起來就像「主婦蘇西」❽類型的人——她人生最大的目標就是讓「偉大的老公」開心。

「咖啡如何？親親？」

「很好，」我說謊。

「新鮮的咖啡在沃拉納普可是佳餚美饌——幸好，我三年前就保留了一些下來。」

三年前的咖啡？難怪喝起來充滿霉味又稀薄。

「你知道我還保留了什麼嗎？就是這一刻，我和老公第一次共進早餐的時光。」

「多好呀，」我說。

「真的、真的很好，」她一邊說一邊蹭到我身上。

「跟我聊聊婚禮的狀況，」我刻意用一種愉悅又無所謂的語氣問。

「噢，真是超美的，」她說，眼神因為浪漫回憶而發亮。「我們是在酒吧裡舉行婚禮，證婚人是我老爹，他算是在這區維持治安的人。當然，那是一場白紗婚禮；我

❽「主婦蘇西」（Suzy Homemaker）是一九六六年於美國發行的系列玩偶，主角正是在快樂地做著各式家務的蘇西。

穿的是媽咪的舊蕾絲洋裝，你穿的則是超帥的藍色嗶嘰呢西裝，那是向我的叔叔雷思借來的。當然，因為你不舒服，所以我們改用輪椅把你推過去，所以儀式過程中，我們沒辦法站著，而是坐在彼此身邊交換誓言。

「誰代替我說了誓言？」我盡量維持實事求是的語調。

「葛斯叔叔。他也是你的伴郎。一個好傢伙咧，葛斯。」

我還記得他在我臉上甩的三個巴掌。如果我不能控制自己，他還曾威脅要進一步傷害我。

「對呀，」我說。「多好的傢伙。」

「喜歡你的戒指嗎？」安姬問。我點頭，然後看看環繞在手指上的那環廉價金屬。就憑這個鑰匙圈，我們竟然還真的結婚了。

「家傳戒指？」我問。

「算是吧，」安姬說。「原本屬於我姊姊克莉斯朵的老公。」

「他人呢？」

安姬垂下眼神。「噢……死了，」她說。

「最近的事？」

「兩個月前。」

「在沃拉納普？」

「對。」

「發生了什麼事？」

她又逃避地別開眼睛。「就是一些意外，之類的。」

「那到底是什麼意思？」

「我的意思是，發生了一些意外。」

「什麼樣的意外？」

「打獵意外。」

「和槍有關的意外？」

「對，他被槍殺了。」

「意外槍殺？」

她在回答前停頓了好長一段時間。「對，」她說。「一場天大的意外。」

「妳姊姊一定很難過。」

「現在好多了。」

「才兩個月就好多了？」

「欸，反正他們認識的時間也不長。」安姬立刻後悔說出這件事——因為她開始慌張臉紅，同時立刻把話題拉回那場滑稽如同浪漫喜劇的現場。「總之，我有四個伴娘，全部身穿粉紅色雪紡紗，而葛斯最小的兒子林哥——他只有五歲——幫忙拿戒指……大家都覺得好可愛，他的名字和他的模樣都好可愛。婚禮結束後，在酒吧還有一場時髦的派對。有很多酒和食物。我自己大概就喝了十幾罐。」

「我在場嗎？」

「沒有。我們已經把你放回雞舍了，因為你似乎快要醒來了，葛斯有點擔心。要是你在自己的婚禮上醒來，大概會抓狂。」

「他還真細心。」

「但我留了一塊結婚蛋糕給你。糖漿口味的巧克力蛋糕，茹絲嬸嬸做的。現在要吃嗎？」

「不，謝了。」

「真希望你可以參與整場典禮。」

「我也希望。有照片嗎？」

「沒。」

「那倒是很奇怪。」

「對呀，我也想要拍些照片。但是……沃拉納普沒有照相機。」

「為什麼沒有？」

「被禁止了。」

「不會吧。」

「真的。在這裡，拍照是違法行為。」

「根據誰的法律？」

「我們的法律。」

「但這實在太瘋狂了……」

「就像我們初次見面時，我就說了，澳洲法律和沃拉納普的法律不同。」

我幾乎要開口問：沃拉納普的法律允許誘拐並脅迫新郎在無意識時參加自己的婚禮嗎？不過又一次，我在失控前壓抑住自己。我的意思是，我真的無法相信自己的耳朵——我想要尖叫、大吼，直到她結束這場扭曲的猜謎遊戲。但是看著她活在美夢中的眼神，還有她冷靜敘述那場婚禮細節的樣子，我就知道這不是一個玩笑。她正在逼迫我玩一場名叫「扮家家酒」的遊戲——我可以感覺到，她希望我認真遵循她的規則玩下去。也就是沃拉納普的規則。

「親親，」她握起我的雙手，眼神堅定地盯視我。「我知道你得花一段時間才會明白如何融入這裡，因為這裡離外界的一切都很遠，所以我們擁有自己的習俗和價值觀；外來者可能會非常震驚，但我們過得很好。所以，拜託，給這個地方一個機會——我希望你能在這裡過得開心。當然也因為……」她猶豫了一下，小心地遣辭用句。「……我不希望你像『某些』外來者。他們完全無法適應，所以下場不是很好。但你不會變成那樣，對吧？」

除了露出一抹呆滯的微笑，保證自己會適應良好之外，我還能怎樣？

「噢，你真是個棒傢伙，」她親密地抱住我的頭。「我們在一起會很開心，是吧？」

「超級開心，」我說。

「還有，你知道接下來三天該做什麼嗎？」

「做什麼？」

「我們得來一趟蜜月旅行。」

「去哪裡？」

「就在這裡，當然，就在床上。接下來七十二小時，我會像條響尾蛇般蹂躪你。我可不希望有人抵抗，懂嗎？」

「清晰明瞭。」我聽起來非常緊張。

4

謝天謝地。安姬很快就忘了要把我留在床上七十二小時的宣言，也沒有把蜜月變成我所害怕的七十二小時性愛馬拉松大會。只要一天上床三次（最好是在用餐前），她就滿意了。雖然我覺得一天三次的行程有點繁重，但也沒有阻止她進攻。我的短期目標是這樣：讓她開心，在兩人之間建立堪稱融洽的信任關係，然後再考慮下一步該怎麼做。如果這代表我每天得裝出三次熱情的樣子，那就裝吧。畢竟我就是個囚犯。一個被綁架的老公。現在她大權在握，我再怎麼反抗都毫無意義。

漸漸認識你，
漸漸認識你的一切，
漸漸喜歡你，
漸漸希望你喜歡我……

在我們小小的「室內假期」中，安姬用唱盤播放器把那首該死的歌播了一遍又一遍，隨著葛楚·羅倫斯在原版「國王與我」的百老匯錄音中的粗糙嗓音，她跟著唱個不停。

「妳從哪裡拿到這張很難找的唱片？」我問。她把拾音臂抬起來，打算把歌再播一次。

「葛斯送的結婚禮物。他住的地方有很多老唱片。這次給了我們這張，還有『西城故事』。好歌，但故事很掃興，你說是吧？」

「欸，他們其實是羅密歐與茱麗葉。」

「誰？」

「羅密歐與茱麗葉？」

「不、不、不——那對情侶叫東尼和瑪麗亞。」

「但是改編自羅密歐與茱麗葉的故事。」

「沒聽過。」

當我倆一起，

突然之間明亮歡欣，
因為一切美好簇新之事，
皆是從你而來，
每日每日。

安姬不只每天要把這首歌播放六次，還得邊唱邊把手臂環繞在我的頸子上，姿態像展場女郎，同時逼我和她一同輕唱。

「這是我們的歌，」她說，然後強迫我隨著旋律跟她一起跳二四拍的舞步。在跳舞的過程中，我無法克制地懷疑，這些過度美好溫柔的表現都是算計過的結果，目的是要軟化我的心防，以誘拐我接受這樁「安排好」的婚事。畢竟安姬的本質大概頂多就是和「足球後衛」一樣甜美溫柔——總之是個喜歡大口灌酒並用力放屁的強壯怪物。所以，她怎麼可能突然變成一位「超完美嬌妻」——總是幫我把早餐送到床上、烤蛋糕、按摩我的腳、替我拿拖鞋、說一些讓人害怕的話（像是「我是你的性奴隸」）、唱愚蠢的百老匯歌曲——還把我們的家稱為「愛巢」？

更何況，這「巢」實在散發不出什麼浪漫氣息。相反地，這裡根本和一間茅廁沒兩樣，只是間單房小棚屋，夾板牆，錫屋頂，每當下了一陣瘋狂的雨，聽起來就像有一千只鼓在哀鳴。地面是灰色的水泥——表面實在是凹凸不平，又粗糙，把我所有累積的角質都磨光了。一條小小的阿克斯明斯特地毯鋪在礁岩綠的膠皮沙發之前，至於沙發，根本就是屁股專屬的三溫暖，由於吸取了內陸專屬的熱氣，根本不可能坐得下去。除此之外，房內只剩下一個紅色燈心絨的懶骨頭，但如果讓自己陷進去，就等於陷入其中如同老狗散發的獨特氣味。隔著一道珠簾的另一邊是廚房兼餐廳（一個水槽、一座輕便電爐、一台小冰箱、一張可收納的牌桌和兩張可摺疊的綠色金屬椅）；另外一道珠簾背後則是一張軟趴趴的大床——還算舒服（只要我們別滾進中空的區域即可）。另外一條釘在門框上的毯子擋住了廁所，裡面有一個淋浴間和一組化學便桶；便桶必須一週清一次。如果想要來點娛樂生活，安姬有六本藏書，全是醫生配上護士的羅曼史小說，四、五〇年代的唱片，還有兩張音樂原聲帶。此外就沒了。

「挺不賴的吧，我們的小窩？」我們繼續隨著尤．伯連納和葛楚．羅倫斯的絲滑歌聲跳舞；她把我愈拉愈近。

「是呀，真有品味。」

「和老爹見面時，你一定要讓他知道你有多喜歡這裡。這可是他為我們蓋的結婚禮物。」

「為我們？」

「欸，其實是為了我，還有我帶回來的老公。」

「妳到處旅行就是為了要『尋找』一個老公？」

她的身體在我懷中僵硬起來。「當然不是，」她說。「我只是遇見了你，然後立刻知道你是我的真命天子。」

「我懂了。」

簡短的回應顯然激怒了她。她立刻抽身站遠，表情嚴肅，威脅地瞪著我。

「你不相信我，是吧？」她說。

地雷區，地雷區。

「我真的相信妳，安姬。」

「那就別再問我那種腦袋壞掉的問題。」

「抱歉。」

「這是我們的蜜月，我不想糟蹋掉。」

眼前的「超完美嬌妻」變回了之前我害怕的那個鄉巴佬。

「不如出去散散步？」我問。

「我們才不需要什麼該死的散步，」她開始憤怒。

「只是個建議，沒什麼。」

「愚蠢到底的建議。」

「好，當我沒說。」

「你想要操他媽的散步，就操他媽的等到蜜月結束，到時候你操他媽的想散多久就散多久！」

她根本是在狂叫，我嚇傻了。這完全是「化身博士」的情節，而且不費吹灰之力就能讓她抓狂。

「安姬，拜託……」我努力想讓她冷靜下來，但她只是像隻暴怒的貓般在屋內來回走動。

「白痴美國佬，非得這麼該死的毀了一切嗎？說啊？努力建造一間好房子，努力給你好生活，結果你想散步？我能殺了你。操他媽的也能撕爛你的肥臉。操！……」

我抓住她的肩膀用力搖晃。

「好了，好了，夠了，」我大吼，但她已經失控，一邊用雙手使勁把我推開一邊尖叫，「不夠、不夠、不夠……」

然後她揍我。兩下。先是我的左眼，然後是鼻子。第二下把我揍到了屋子的另一端。我跌在沙發上，鼻孔流出的血滴在熱烘烘的塑膠靠墊上。

一陣詭異的靜默瀰漫在屋子中，就像出了車禍之後的那陣虛幻靜默。接著是一連串的眼淚與懺悔。

「噢上帝、噢上帝、噢上帝、噢上帝、噢上帝，」她撲到我身上哭叫，把我抱在懷中搖晃，然後又把臉埋在我的胸口；血都滴上了她的T恤。等到罪惡感全面襲來，她更是開始嚎叫，「我怎麼會、我怎麼會、我怎麼會、我怎麼會……？」就這樣來回反覆，彷彿一場失心瘋的懊悔戲碼。

接著是無止境的「道歉」。至少道歉了二十幾次。每次都伴隨著令人耗弱的苦痛與如同咒語般的「我怎麼會？」——我曾經在哪裡讀過，打老婆的傢伙總會重複這一套手法：先是揍對方的臉，然後再跪下來乞求原諒。我知道安姬希望我接受她歇斯底里的道歉，但我實在是嚇呆了，根本不知道該說什麼，直到痛楚襲來。

「拿些冰塊來，」我平靜地說。

她立刻衝向冰箱，幾乎要把門扯爛，然後在冰箱內小小的空間狂翻。過了一會兒，她轉身走回來，搖搖頭，滿臉驚慌。「沒有冰塊，」她說。

「喏，冰過的肉。」

她又再次把冰箱扯開，終於成功地拿了一塊有人腿那麼長的冰凍肉，顏色青紫。

「那是什麼肉？」我問。

「袋肉排。」

「袋鼠排？」

「對，為了今天晚餐準備的。」

「只有這個？」

她點點頭，迫切地等我回答。

「那就拿過來吧，然後給我一些可以擦血的東西。」

她拿著肉排衝過來，還有一條骯髒又黏滿乾掉蛋渣的抹布。我移到懶骨頭上，用抹布的兩個角落塞住鼻孔，然後把冰凍的「袋肉排」蓋在受傷的眼睛和鼻子上。安姬又立刻回到我身邊，擁抱住我的頭，整個人仍然心煩意亂。

「我不知道該說什麼……」

「什麼都不用說。」

「你永遠都不會原諒我。」

當然不會！因為妳是個瘋子呀，寶貝。一個貨真價實的狂人呀。現在之所以還沒把妳的臉揍歪，是因為可能會因此付出昂貴的代價。妳的床畢竟還是比那間操他媽的雞舍好多了。再說，既然妳有了罪惡感，說不定我能趁機讓妳回答一兩個問題。

「我會原諒妳，」說謊。

她的表情立刻輕快起來。「真的嗎？真心的嗎？」

「真的，但是……我得知道幾件事。」

「都行。什麼事？」

我深深地吸了一口氣，然後問：「我為什麼在這裡？」

她饒富興味地瞧著我。「我不懂？」她說。

「我在這裡做什麼？和妳在沃拉納普做什麼？」

「我們……結婚了，所以你才在這裡。」

我非常小心地遣辭用句。「但是……我並不想結婚。」

「才不是這樣，」她很不開心。「你求婚了。」

這倒新鮮。

「什麼時候？」我質問。

「在你的車裡。我們大吵一架，所以我在海灘上過了一夜，記得嗎？然後我在清晨時回去，問你是不是要我走。接著你做了什麼？」

這下我全都想起來了，回憶清晰得可怕。

「我把妳拉到床上，」我說。

「沒錯。但在我鑽到床上之前，我又問了一次，你『真的』要和我在一起嗎？你非常清楚、肯定地說了『對』。所以啦，朋友。」

「那不是求婚，」我說，語氣中出現了一抹暴躁的絕望。

「不然你說，那句話是什麼意思？」

其實就是一句愚蠢的求歡台詞。噢，為什麼我非得打那最後一炮？

「我只是不希望關係突然結束。」

「你不是那樣說的。你不是那樣向我保證的。」

「我什麼都沒保證。」

「在我看來，因為你說真的、真的、真的很想跟我在一起，那就是一個承諾。『對我的承諾』。反正，在我們第一天見面時，你就說你想要一個妻子、一個家庭。」

「等等……」

「你自己說的。我可以精確地指出你是何時說的。你說你的父母死了，沒有親戚。我說，『你想要屬於一個家庭、一個社群嗎？』然後你的臉上出現了悲傷小男孩的表情，說自己從未有過那樣的機會。」

小男孩的表情。那並不代表我在哀求別人領養我呀。

「聽著，安姬，」我說，「我們之間有一些瘋狂的誤會。」

這顯然是非常糟糕的用字。惡毒的表情再次浮現在她臉上。

「沒有什麼瘋狂的誤會，美國佬。你想要一個家庭，你求婚，我接受，然後把你帶來這裡。故事結束。」

「……妳對我下藥……」

「你在布魯姆時身體不舒服……」

「……哪有……」

「有。你病得很重，根本無法離開車子裡的床，所以我給了你一些藥，但你的身體反應欠佳，所以昏死了三天。我還因此獨自開了三天車，才該死的抵達這裡。」

「那婚禮呢？」

「我們到了這裡，你還在生病，但一切已經準備好了，所以我們還是決定如期舉行。」

「就算我不省人事？」

「沒錯。」

現在換我抓狂了。

「妳真以為我會相信這種瘋狂的鬼話？」我大吼。

「注意你的……」

「把我從布魯姆抓到這裡，沒經過我的同意就跟我結婚，為了自圓其說，還睜眼說瞎話，說我用什麼該死的密碼向妳求了婚？我只是想跟妳上床而已，安姬。懂嗎？鑽進妳的胯下，搖散妳的骨頭。沒有其他意思，妳這變態的……」

我沒有機會講完那句話，因為安姬又對我的鼻子掄了一拳，袋肉排飛開，我的鼻孔又開始流血。我立刻覺得痛——然後大聲哀嚎。安姬雙手顫抖，但仍擺出公事公辦的態度。她找了一條新的抹布擋住血流，把我扶到床上，再把冰凍的肉排重新放在被揍的眼睛和鼻子上。接著遞給我兩片阿斯匹靈和一罐微溫的啤酒；打開唱盤播放機，把唱針放到〈國王與我〉的唱片上，然後隨著〈我們在陰影中親吻〉哼唱：

在陽光中親吻，
向天空低語，
看吧，相信你的眼睛，
看吧，我的愛人愛我。

那天晚上，我們沒再說話。我吞下了阿斯匹靈，喝了啤酒，努力忍住疼痛，直到睡眠終於奪去我的意識。

我在清早的微光中醒來，臉的上半部似乎全麻痺了。不過，雖然鼻孔裡滿是血塊，嗅覺卻仍在運作；一陣油炸食物的氣味從廚房傳來。因為聽見我的響動，安姬晃了過來，在我的嘴唇上用力親了一下。

「早安，親親，」她輕快地說，眼神滿是亟欲討好的新婚光芒。「我偉大的老公今早感覺如何呀？」

她想要假裝一切未曾發生。沒爭吵、沒打架、沒血、沒有對過去的追究。今天是我們餘生的第一日，就在沃拉納普。她想微笑且完好無缺地度過這一日。

「很好。真的很好。」

「要來一點熱騰騰的早餐嗎，親親？」

「當然。妳做了什麼？」

「袋肉排，」她說。

5

剩下的蜜月可說是一場大成功。沒有爭執、沒有出拳，也沒有人被揍出黑眼圈。當然，我一次也沒有提議出門散步，只是繼續窩在「愛巢」中玩「新婚遊戲」。

然而，只有那麼一次，我小心翼翼地提到了「避孕」，深怕自己會因為這句厚顏無恥的提議而被打斷牙齒。不過在我提起這個話題之後，安姬倒是異常冷靜。

「在你不舒服的時候，我的月經就來過了。也就是說，我們還有一個禮拜的安全期，之後才需要開始做保護措施。所以，你瞧，親親，不用擔心。完全不用擔心。」

〈漸漸認識你〉在安姬的唱盤播放器上仍然獨佔排行榜鰲頭，但在馬拉松式出現的「羅傑斯與漢默斯坦」❾音樂劇歌曲中，我總算有辦法插入幾首六〇年代金曲。只是每當我年輕時代的愚蠢歌曲出現，比如〈公車站〉和〈帆船約翰B〉，我總是手足無措——那些歌彷彿不停地提醒我正身處異地，與現實隔絕。

「想聽些好歌嗎？」安姬把一張唱片放到轉盤上。一陣經典的貝斯獨奏從小小的音響中炸出，接著是艾瑞克．伯頓如同砂紙的聲音；我忍不住笑了。這首歌實在太老，而且還是「動物合唱團」的〈我們得逃出這裡〉。

安姬注意到我的微笑，「以前的愛歌？」

「最新的愛歌，」我說，但她沒注意到其中的諷刺意味。為了要取悅我，她甚至開始瘋狂重複播放這首歌，就像她強迫症似地播放〈國王與我〉的經典名曲一樣。我倒是不介意，〈我們得逃出這裡〉已經成為我的主題曲、我的國歌，我眼前最重要的目標。

「吃飯時間！」

這是我們每日行程的另一個亮點。在每天三次如同遭受酷刑般地滾完床單之後，安姬會立刻從床鋪飛奔向廚房，過了一兩個小時後，再跑出來，用彷彿歌唱的方式大喊：「吃飯時間！」我開始對這個「餵食宣言」感到害怕，幾乎就和我對她提供的有毒餐點一樣害怕。倒不是她廚藝不精，但畢竟沃拉納普可用的食材很有限，而且幾乎

❾美國著名的百老匯音樂劇作曲搭檔理查．羅傑斯（Richard Rodgers,1902-1979）和奧斯卡．漢默斯坦（Oscar Hammerstein II,1895-1960），他們曾製作「奧克拉荷馬！」（Oklahoma!）、「國王與我」（The King and I）和「真善美」（The Sound of Music）。曾獲十五次奧斯卡獎與兩次葛萊美獎。

都不新鮮（除了當地可獵捕的袋肉排）。

「沃拉納普沒什麼像樣的農產品，」她說。「牛奶和蛋都是用粉末調理出來的。這裡沒乳牛，當然也沒牛油和起司。沒有真正的蔬菜——只有罐頭紅蘿蔔、豆子、番茄和玉米。要是吃膩了袋肉排，你就得將就著吃醃火腿或罐裝的鹽醃牛肉。能吃的水果只有罐頭鳳梨或蜜棗。如果腸胃受不了當地的泉水，你最好愛喝酒——因為唯一的外來飲料就是啤酒。」

我現在知道為什麼安姬的炒蛋吃起來像代用品一樣了，也知道為什麼水總是有一股金屬和礦物的味道。不過對我來說，「吃飯時間」仍然意味著一場恐怖的冒險旅程，因為安姬總會「好意地」努力用稀少食材發明一些新花樣。她會花費好幾個小時在輕便電爐邊忙個不停，然後宣布（彷彿開幕儀式）她的「當日特餐」。

「你一定會愛上這道菜，親親。用啤酒麵糊炸過的袋肉排配上糖漬鳳梨片。」

「聽起來很不錯，」我只能虛弱地說。

「今天早餐來試試一些新東西吧。西班牙蛋餅。」

「裡面有什麼？」

「醃火腿、紅蘿蔔、粉末蛋。」

「老天，真棒。」

「今晚是蜜月的最後一夜，我會煮一頓非常特別的晚餐。烤鹽醃牛肉和火燒蜜棗。」

「妳太棒了。」

吃飯時間！我那張被打爛的臉可以滾一邊去了，這場廚藝怪胎秀才是蜜月中真正的苦難呀。雖然機會渺茫，但我還是暗自希望，一旦進入了日常生活後，安姬會對於每天發明創意菜色感到厭倦，或者決定讓我掌廚（這樣更好）。

當然，我不希望讓自己陷在這個家中太久。一旦能夠出門，我就會開始觀察沃拉納普，然後找出於暗夜中安靜消失的方法。不過現在，我已經發現一個會妨礙逃跑的潛在問題：錢和護照都不見了。

這是我在蜜月最後一天發現的事——當時我終於能夠拿到剩下的衣物。在那之前，安姬對於我的個人物品的所在處一直語帶保留，而且堅持每晚睡前替我手洗T恤、短褲和內褲，第二天早上，那些衣物已經被放在塑膠沙發上晾乾了。當然，我覺得這種洗衣模式很怪，但也慢慢習慣了——為了維持兩人之間的和平，我也暫時決定不去質疑。

情況始終如此，直到我「不小心」把安姬做的鹽醃牛肉與蜜棗雜燴倒了一大半在身上（目的是藉此擺脫必須吃光的義務），這一切才有了轉機。

「還真是手腳靈巧，」她起身。「幫你拿些乾淨的衣服來。」

「我的東西還在？」

「當然，」她把手伸到床底下，拖出一個置物箱，在廂型車上時，我就是用這個箱子來存放東西。「一直都在呀。」

「妳沒說有把我的東西帶過來。」

「你也沒問呀，朋友。」

她把箱子翻開，我的衣物確實是在裡面。我把身上濕透的衣物脫掉，找了另一條短褲和T恤，然後快速檢查了一下，想確保所有東西都還在。一切都在，除了護照和我藏在最底層的旅行支票。

「嗯，安姬，我實在不想這麼問，但有東西不見了。」

「護照和錢？」

「沒錯。」

「沒什麼，已經交給雷思叔叔了。」

「為什麼？」

「欸，他算是鎮上的銀行。」

「沃拉納普有銀行？」

「就是一個保險箱——不過雷思負責保管。總之，那箱子鎖得很好，所以沒什麼好緊張。不過，嘿，你沒說過自己那麼有錢。六千五百美金。可是一筆大數目呀。」

「那就是我所有的存款了。」

「總之，雷思在看管，非常安全。而且我們在沃拉納普也用不到錢。」

「用不到錢？」

「用不到。一切都是使用記帳制度。你明天就會知道該怎麼做——下班之後就會看到了。」

「我要工作？」

「葛斯沒跟你說嗎？你得在老爹的修車廠幫忙。對了，你的車子也在那裡。」

「為什麼？」

「在開到這裡時出了一點機械方面的毛病，但不用擔心，老爹正在解決。」

「他技術好嗎？」

安姬不可置信地看著我。「老爹是頂尖的。」

有人敲門。

「有人來啦！」安姬歡快地說，然後打開門。來人是葛斯，身上還穿著同樣的骯髒破爛牛仔褲，不過瘦弱的胸膛上鬆垮垮地掛著一件「滾石樂團在阿爾塔芒」的T恤。

「這對愛情鳥過得如何呀？」他問。

「好極了，」安姬遞給他一罐啤酒。他打開拉環，同時注意到了我的黑眼圈和紅腫的鼻子。

「看來你們的蜜月過得很精彩呀，小子，」他用手肘頂了頂我的肋骨。

「是呀，」我說，「頂尖的蜜月呀。」

「真的很棒，」安姬也加入，用熊抱的方式鎖住我的頸子。

「唉，我也不想掃興，」葛斯說，「但他們現在要見你們。」

「『他們』是誰？」我問。

「鎮議會，」葛斯說。「也就是我和鎮上另外三個家族的家長。我們算是這地方的『歡迎委員會』。」

「你可以見到老爹了，」安姬說。

「是呀，他真的很想認識一下自己的女婿，」葛斯說。「等到我們這邊結束，欸，就是『歡迎』過你之後，你就有機會和沃拉納普的大家見個面，因為我們會在酒吧裡舉行每月集會。」

「我可以帶你去炫耀給大家看了，親親。」

「雷思是委員會的一員嗎？」我問。

「正是，」葛斯說。「他是其中一個家族的家長。」

「很好——我想問他有關銀行的運作方式。」

葛斯努力想阻止自己發笑。「我想，他一定會把你想知道的一切告訴你。那麼，可以出發了嗎？」

「不用換衣服嗎？」在見親家之前，我總得把自己打扮得體面一點。不過葛斯顯然又覺得我的問題很好笑。

「老天啊，小子，以沃拉納普的標準來看，你的穿著已經非常正式了。」

安姬給了我一個大大的擁抱，低聲地說了一些戲劇化的告別台詞，「這是我們婚後第一次分開」等等；我說，我確定我們應付得來。等到葛斯把門打開，把我推出去後，我大大地鬆了一口氣。蜜月真的、真的結束了。我不用再被困在房子裡了。

當時大約是晚上六點——在此時的荒野之地，太陽看起來就像一坨在紅熱鍋底的奶油——液態、嘶嘶作響，而且正在焦糖化成一片金棕色。我深深吸了一口氣，然後立刻感到後悔，因為垃圾山的臭氣再次襲來。我可以看見那座山就在不遠之處，高高俯瞰著沃拉納普這座城鎮的渺小景觀。

「氣味真好，不是嗎？」葛斯一邊喘氣一邊咳嗽。

「你怎麼受得了？」

「你會習慣的。總之，幾個禮拜後我們就要燒掉了。算是我們每季的重大活動——在垃圾山頂端點火，像是場巨型烤肉會。」

「沒想過把垃圾埋起來，而不是堆成那樣嗎？」

「地面實在該死的硬呀。而且，正如你所見，我們算是被去他媽的大自然困在這裡啦。」

我順著他的手指望向遠方的地平線，瞬間感到無比絕望。沃拉納普不只是被地形困住了——根本就是被囚禁；這是一個被狂暴地景所挾持的小鎮。

我們在一座小山谷中，一個地表上極度乾旱之所在，周遭全被血紅色的高聳崖壁所包圍，崖壁則全由片狀頁岩組成。這些焦赤色的絕壁環繞整座山谷，像是史前城堡上的巨大炮塔。如果站在崖壁頂端，往底下三百英尺深的裂口望去，你或許會想：這，就真的是地球的邊緣了。一個被烈日曝曬的深淵。一個沒有出口的大坑。不過當你站在這個大坑的中心往上望著那些城垛，幾乎會覺得地形正在嘲諷你——彷彿地形之神正在俯瞰你，然後說，「嘗試逃出去看看呀，孬種。」

我顯然看起來很震驚，像一個重刑犯在黑暗中待了好一陣子後，終於發現自己身處防守等級最高的監獄中。葛斯扮演的則是典獄長的角色——在我意識到自己的處境之時，他則在一旁默默估量我的狀態。我可以感覺到，他幾乎能讀出我腦中混亂又驚慌的思緒。他跟隨我的眼神掃視周遭，看我尋找可能的逃脫路徑；也看我研究穿越整座村莊的那條紅土路——那條路延伸到城鎮的另一端，然後蜿蜒爬上坡地；他甚至聽見我腦中的聲音，「那就是逃離這裡的道路。」

他知道我心中正在想什麼，無妨。不過他真的很清楚，因為當他說「我們走吧」，那語調平靜到近乎憐憫，似乎在為我準備面對未來更多的驚奇。

在我終於離開雞舍之後，也在我昏倒在安姬的臂彎之前，我曾有過一小段意識清楚的時刻，但陽光仍讓我有點暈眩。在那段時間，我恍惚覺得這是一個果凍製成的小鎮——一個隨便拼裝的社群。儘管如此，沒有任何事情可以幫助我面對這個小鎮可怖的真實景況，還有那當中真正低劣粗鄙的一切。

我們先從道路開始好了。沒有鋪過的紅土地，就像充滿了凹槽和坑洞的障礙賽道路。到處都是狗屎。到處都是垃圾——所有沒被扔到垃圾山上的沉重物件似乎都被扔到了路旁：舊冰箱和破爛的扶手椅上面滴滿鳥糞；廢棄的廁所、半扯開的水泥袋、生鏽的車輛零件，另外讓人不可置信的是大約六、七個袋鼠頭。這些袋鼠頭全都處於不同的腐爛階段，附近遊蕩的狗群則在覬覦它們。這是一群乾瘦且眼神狂亂的狗，吠叫時唾液從牠們的犬齒滴下來，轉眼又為了另一塊內臟打了起來。

我們的房子就在這條路的底端。在房子之後，這條路就逐漸消失在滿是硬石沙土的荒野之地。這片野地又延伸了兩英里，然後就撞上了環繞沃拉納普的山丘的岩壁。在我們對面，有另外三棟棚屋處於不同的搭建階段；這裡是比較外圍的區域，大部分的建築都聚集在沿道路還有約四分之一英里遠之所在。所有房子都以低成本的方式搭建——沒上漆的單薄纖維板牆、錫屋頂、一座由凹凸不平又廉價的木材釘起來的小門廊，後面還有一間水泥廁所。貧民區模樣。阿帕拉契亞⑩的早期景觀。

過了這些棚屋後，就是鎮上的「商業」中心。學校是一間開放式的棚架，裡面有十幾張桌椅和一張黑板。發電廠是一間方正的水泥房，就在垃圾山旁。雜貨店是一間組合式房屋，牆面裝了鋁製側板。鎮上最大的建築也是這種組合式房屋：一間又長又狹窄的倉庫，正前方裝了難看的手繪招牌——沃拉納普肉鋪。

然後還有酒吧。以沃拉納普的標準而言，這間酒吧是一棟具有歷史意義的建築，由於有兩層樓，也就算是鎮上的摩天大樓了。牆面是褪白的木製側板，還有一個不錯的斜屋頂，露臺則由一對鍛鐵柱撐住。酒吧內部有木製拋光的馬蹄形吧檯，後面有大型的內嵌式冰箱。牆面上有幾個用電線拗出來的老式啤酒標誌、填塞式袋鼠頭，和一面上下顛倒的澳洲國旗。爬上一連串搖搖晃晃的階梯後，樓上有間小辦公室，裡面有一張鋼製書桌、一把鋼製椅子、一座鋼製保險箱、一組鋼製檔案櫃，還有三名正在等待招呼我的男人。

「哎呀，該死的美國佬終於來了，」葛斯走進辦公室時這麼說。「剛結束蜜月呢。看看她對他的車頭燈和鳥嘴幹的好事，不賴吧？」

三人都沒笑。他們和葛斯一樣，年紀大約五十歲；不過和葛斯不同的地方是，他

⑩阿帕拉契亞（Appalachia）指的是紐約州南部、阿拉巴馬州北部、密西西比州北部和喬治亞州北部一帶。此處指的是早年拓荒者剛到來時的原始開發狀態。

們都有點像穴居人——這三隻壯碩的黑猩猩全超過一百三十公斤，而我這個一百八十公分的傢伙簡直像隻侏儒。

「這邊這位是羅波，」葛斯說，指向一個雙手長得像大鑽頭的傢伙。他的額頭上還突出一顆大疣。「負責我們的肉品加工。」

羅波隨便應了一聲。

「還有，雷思……」他的嘴裡只剩下四顆牙齒，臉上是一個酒鬼才有的酒糟鼻，臉則像盤尼西林的培養皿……「是這裡的雜貨店負責人，也是鎮上的出納員。」

「日安，」他說話語調平板。

「還有，最後，你的岳父，老爹。」

他一定已經有六十五歲了。全身筋肉結實。身上穿了一條粗棉布長褲，沒穿上衣。頭長得像一棵突變的花椰菜，皮膚很黑，雙眼足以看透一切，而且光是握手就著實讓我驚慌地想立刻接受物理治療。

「所以，」他緩慢地說，「你就是那個小雜種。」

我虛弱地微笑——雙唇緊閉，等待接下來的發展。

「舌頭被貓吃了嗎，小子？」他說。

「沒有……先生。」

「那就好好地回答我的問題。」

「什麼問題？」

「『所以你就是那個在布魯姆上了我女兒的小雜種嗎？』……這個問題。」

「啊，我想應該……」

「那是什麼意思，你想應該？你不知道你有沒有上她嗎？」

一切完全進行得不順利呀。

「不，我很清楚。」

「上起來爽嗎，我的小公主？」

「先生，拜託……」

「拜託什麼？」

「我們，嗯，已經結婚了。」

「你說得去他媽的沒錯。我還記得婚禮——可能記得比你還清楚，是吧？」

四個人一起狂笑。

「小公主告訴我，你是個記者，」老爹繼續說。

「沒錯。」

「記者在沃拉納普沒什麼用。沒報紙……而且大家幾乎不識字。」

又出現了一陣哄笑。他們還真是自得其樂。

「不過小公主也說了，你也稍微懂車子，真的嗎？」

「算是吧。我在美國時會自己修車，也修了在這裡買的那台車。」

「那台『噗噗車』花了你多少錢？」

「兩千五百元。」

不可思議的讚嘆聲，接下來又是一陣咯咯笑。

「二、五、〇、〇，就為了買一台老爛車？」老爹搖搖頭。「你真的被拐了。」

「把我從達爾文帶到這裡來了，不是嗎？」

「是呀，但現在只是一大團廢鐵啦。化油器毀了，兩個閥門也爛了。除此之外，其他都還好。總之，你明天就可以先開始修那台車——因為我的小公主要我替你在修車廠找些活兒做。她大概是覺得你這美國佬太嬌弱了，所以沒辦法和她一起工作。」

「什麼工作？」

「她沒告訴你……你也沒問，你們兩人前幾天都在幹啥？」

果然，下流的笑聲。

「小公主——幾乎像沃拉納普的所有人一樣——在肉類加工廠工作。那是此地唯一的產業，我們唯一的收入來源，也是這個城鎮得以存續的原因。」羅波加入。

「當你家太太把手伸向菜刀時，」他說。「如果我是你，我會很小心。」我真是個能讓他們時時發笑的開心果。

「殺過袋鼠嗎？」羅波問。

「嗯……沒有。」

「如果想學，就來加工廠。我們整天就在做這事兒。讓死掉的袋鼠成為好食物。很好玩。」

「這跟你理解的『好玩』不太一樣吧，大記者？」老爹說。「現在看來，這一切對你來說都不『好玩』吧，嗯？」

我沒說話。

「舌頭又被貓吃了嗎，大記者？還是我該把你的沉默當作在此過得很開心的證明？」

「不，」我的聲音非常粗啞。「我不開心。」

老爹對我露出一抹惡意的微笑。

「總算說了老實話。我真的、真的很遺憾，你竟然、啊、感覺不暢快。但是，嘿，我只能說……把不愉快的心情塞回你的屁眼吧，小子。你上了她一次、你上了她兩次、你上個不停……而這就是你的下場。你可能已經注意到了，小公主呀，她對這事兒可認真了。所以我也很認真。就我個人而言，我是看不出你他媽的有哪裡好。但是你求婚了，她接受了，那現在……」

想也沒想，我脫口而出，「我沒有求婚。」但一說出口，才發現這是非常糟糕的決定——老爹轉向另外三位夥伴，沉重地搖搖頭，然後回頭看我，雙眼中有殺意。

「你剛剛什麼都沒說，對吧？」

「沒有，」我的聲音嘶啞，「我沒有。」

「請大聲一點。」

「我剛剛什麼都沒說！」

「你求婚，她接受——事情就是這樣，是嗎？」

我又猶豫了一下。

「是嗎？」他在我耳邊低吼。

「完全沒錯。」

「很好——如果情況並非如此，你就是在指控我的小公主說謊。然而，她沒有，對吧？」

「對。」

「你才是天殺的騙子。」

「我是騙子。」

「非常好。我們現在開始有共識了。不是嗎？」

「是，沒錯。」

「那麼，仔細聽我接下來要說的話。關於沃拉納普，你只需要了解三件事。首先，小公主大概已經告訴你了，鎮上只有四個家族，我們就是各自的家長。我們沒有政府、沒有警察、沒有法院，當然也沒有什麼律師。我們四個人負責打理一切，制定規則，處罰所有蠢貨。

「你該知道的第二件事：如果要到下一個小鎮，必須要在開闊的荒野中開十六小時的車。換句話說，我們離一切都很遙遠，幾乎和不存在沒兩樣。對於那些在伯斯和坎培拉高談闊論的白痴而言，我們完全不存在。這是一個地圖上找不到的地方。

「最後一件事，關於沃拉納普，你該知道：我們非常介意，嗯，逃婚這件事。所以，如果你打算逃跑，我們會烤爛你的蛋蛋，慢慢烤。還有問題嗎？」

我覺得自己的腹腔被狠狠打了一拳，只想蜷曲在角落，頭枕在手臂上，假裝這一切都沒有發生。老爹對我的沉默非常不滿意。

「我說，還有任何問題嗎？」

我咬住嘴唇，感覺眼眶中開始湧現淚水。我根本是被誘捕、突襲、困住，而且完全迷失了。

「沒有，先生，」我忍住淚水說。「完全沒問題。」

雷思終於說話了。「看來美國佬的臉色有點發青了，老爹，大概要哇哇大哭了。」

「真是可憐呀，」老爹哼唱。其他人都笑了。

「你不是有問題要問雷思嗎？」葛斯問。「一個問題——」他嗤笑、又嗤笑，又說：「和銀行的運作方式有關？」

雷思滿臉微笑。「你想知道錢的事嗎，美國佬？」

我點頭。

他跪在灰色的鋼製保險箱前，轉了轉輪幾次，然後打開。「全都在這裡，」他一邊說一邊把整疊旅行支票丟在桌上。「還有你的護照也是。」他打開那本藍色的身分證明文件，大聲唸出第一頁的文字：「**美國國務院在此要求敬啟者，必須允許此文件內載姓名之公民在不受延誤或阻礙的前提下通行，如有必要，請進一步提供法律援助與保護。**」他把護照用力闔上，「不記得美國和沃拉納普有建立外交關係，是吧，葛斯？」

「我是沒聽說。」

「太遺憾了，美國佬，」雷思說。「看來所謂『不受延誤通行』之類的鬼話在此不適用呢。」他把護照甩到我臉上。「想要就留著吧。倒不是說你會用得上。然後，算算這些旅行支票。」

「不用了，」我說。

「給我算，」雷思大吼。「非算不可。」

我照做，就坐在大鋼桌的後方開始算，花了幾分鐘才算完六千五百美金的美國運通支票。全部都在，數目也對。

「爽了嗎？」雷思說。

「嗯。」

「乖孩子。筆在這裡……」他丟來一支爛爛的Bic原子筆。「開始吧。」

「開始做啥？」我問。

「簽名呀，不然呢？」

「但我不需要兌現呀。」

「不是你要兌現，美國佬，」雷思說。「你是要簽字轉讓。」

「轉讓給誰？」

「我們。」

「別開玩笑了。」

「沒有，我們沒開玩笑。」雷思說。

「但是……但是……這是『我的』錢。」

「再也不是了。沃拉納普沒有個人財產的概念。大家都沒有自己的錢，也沒有人帶錢在身上。所有來到這裡定居的人必須捐出所有財產，交由鎮上保管。所以你的車子現在也歸我們所有……但是，嘿，我們會讓你留住自己的衣物。」

「我不要簽。」

「噢，你一定要簽，」雷思說。

「不。操你的。不。」

我一邊說話一邊顫抖。現場出現一陣巨大、恐怖的沉默。然後這群「沃拉納普的鎮議會成員」興味盎然地哄堂大笑。

「膽子跟尼加拉瀑布一樣雄偉呀，這傢伙，」老爹說，然後用指尖彈了一下我的鼻頭。

雖然幾乎沒有真正碰到，但他的動作非常利落精準——力道正好，剛好足以對軟骨造成傷害，彷彿一根釘子被正面錘進我的臉。我大叫出聲，老爹則在我身旁蹲下，用非常溫和有禮、完全理性的態度對我說話。

「我真心建議你還是簽了這些支票吧。因為，你自己看看，你現在處於絕對弱勢。如果你拒絕，我們會讓你很痛苦，比你這一生經歷過的一切更痛苦。如果你要繼續蠢下去的話，我們只好來硬的，比如敲爛你的兩個膝蓋，或者叫葛斯削掉你的阿基里斯腱。等到結束之後，可笑的就是你啦——因為你還是得簽完這些支票。」他把筆拿到我眼前。「所以，好女婿——你不覺得應該選擇輕鬆的路走嗎？」

六千五百美金。之前在美國，我每個月只能存幾百美元——因為在付掉稅金和房租及食物等雜費後，以記者的薪水而言，我能存下來的就是這麼多。六千五百美金——五年半的省吃儉用。我所有的淨值。因為沒有使用這些錢而貧窮……或是因為擁有這些錢而死。

我把筆從老爹肥胖的手指中搶過來，簽名。簽完之後，我把那疊支票推到桌子的另一端，轉頭不看。我無法忍受看著雷思一張張檢查支票，確定我已經為每張支票背書的模樣。他把我被剝奪的財產丟回保險箱，像是牢門般噹啷一聲關上，然後在我背上親切地拍了拍。

「幹得好，夥伴，」他說，語氣中淨是虛偽的親切。「事情幹完了，我們似乎欠美國佬一罐啤酒，是吧？」

「我們還有一場小鎮集會，」老爹說完後離開房間。羅波和雷思忠心耿耿地跟了出去。等到他們走下階梯之後，葛斯轉向我，「真聰明，小子。相信我，你真的做對了。選擇了比較成熟的方式。」

我狠狠瞪著他。

「這就是你所謂的成熟？」我說。

「情況會愈來愈好。」

「不，才不會。」

「你會習慣的。」

「狗屎。」

「你會習慣的——因為你非得習慣不可。你沒得選。而老爹——」

「『老爹』這個爛名字是怎麼回事？」我打斷他。「那傢伙總該有個真名，是吧？」

「有呀……就叫『老爹』。」

「為什麼？因為他就像你們的吉姆．瓊斯或者該死的查爾斯．曼森⓫？」

「小心點，小子。最好小心一點。」

羅波在階梯底下對我們大吼。「老爹要美國佬現在下來。」

「老爹想要什麼，」葛斯一邊把我帶出房門一邊說，「老爹都會得到。」他用力

⓫吉姆．瓊斯（Jim Jones,1931-1978）是蓋亞那瓊斯鎮的著名邪教領袖，曾帶領九〇九位教眾集體自殺。查爾斯．曼森（Charles Manson，1934-），曾在加州領導著名的謀殺犯罪集團。

抓緊我的手肘。「最後一個建議：小心你的嘴巴……如果你還想留住自己的嘴巴。」

他們都在樓下等我。沃拉納普的所有人，總共五十三個。他們擠在四張桌子旁。四張桌子、四個團體、四個家族。除了家族的家長和他們的老婆之外，沒有人超過二十五歲；其中大部分的人都還單身。要認出葛斯的家族很容易──他的老婆和八個小孩像一個骯髒但受了加州風格洗禮過的家族，模樣彷彿剛從一個標記為「另類生活」的洞穴裡爬出來。羅波和雷思各有十個小鬼，老婆的體型都像相撲選手，因此，承襲了同樣血脈的孩子也都非常矮胖。

然後是我的家族。

「嘿，親親，」安姬一邊說一邊抱住我的脖子，在光天化日下給了我一個熱情的吻。我微笑──正如同她希望我表現的狂喜新婚丈夫一樣。

「老爹說你們倆一拍即合。」

「超級合的。」我說。

她轉身向姊妹說，「看，他來了。是不是比上次見面時好看多了？」

「應該把他留在那間雞舍裡，」老爹在走進吧檯之前低聲咕噥。

「你真愛說笑，老爹。」

「他的鼻子和眼睛怎麼了？」一位接近五十歲的蒼弱婦女問。她的金髮如同鋼刷，裡面混了一些灰色髮絲，嘴角往右叼了一根捲菸。

「愛的痕跡，」安姬說，然後補充，「親親，來見我母親，葛蕾蒂絲。」

「很高興見到妳，女士，」我伸出手，她沒有回應。

「遇上了甜美的小姐就黏上了，美國佬？」

「媽，拜託……」安姬說。

「拜託什麼？看看這蠢貨。就告訴妳別挑外國人。就告訴妳找個粗人，一個不修邊幅的粗人，才比較能融入這裡。結果妳找了什麼樣的人？一個沒用的美國浪子。」

「對我來說可不是沒用，」安姬開始有點不悅。

「妳總是該死的不講理，」葛蕾蒂絲說。

「妳總是該死的說不出個屁。」

「自以為是的小小姐，老爹的小公主……」

「老爹……」安姬哀嚎。

「好了，好了，夠了，」老爹說。「趕快彼此介紹完，集會就要開始了。」

安姬還是滿臉怒氣，但仍轉而開始介紹其他姊妹。最小的妹妹只有三歲，名叫珊蒂，接下來是四位年紀各異的女孩。另外還有兩位十八歲的雙胞胎男孩，湯姆與洛克；他們在介紹時嚴肅地點點頭，就當作招呼了。最後終於是大女兒，克莉斯朵，二十三歲，稻草金色的頭髮，高大寬肩，但不像安姬那麼壯碩，也不像她一樣帶有危險的吸引力。她的五官和沃拉納普的其他人不同，沒有那種被熾陽曝曬過的粗糙感，舉止幾近溫婉，大大的綠眼睛裡滿是憂傷。她不屬於這裡。

「克莉斯朵是家族中的首腦，」安姬說，「她真的很聰明，我說得沒錯吧，老師？」

「妳是個老師？」我說。

她避開我的眼神，一邊盯著亞麻地毯的某個角落一邊回應我。「沒錯，我負責主持當地的學校。」她說。

「妳和……？」

「沒有人了。我是鎮上唯一的老師。」

「因為其他人都太笨了，」安姬大吼，主要是為了逗酒吧裡的孩子開心。

「我妹妹說你是記者？」

「之前是。」

「說不定你可以找一天來和孩子們講解新聞報導。聊聊美國，聊聊報紙運作的方式，還有——」

「不行，」老爹大吼。「美國佬得在我的修車廠工作。」

「當然，但是，老爹，」克莉斯朵說，「你可以讓他找一天來學校，一小時……」

「他在修車廠工作。就這樣。」

一陣尷尬的靜默，克莉斯朵緊張地聳了聳肩。「抱歉，」她對我悄聲說。

「沒關係，」然後我趁機低聲地補充，「順道一提，我知道妳丈夫的事，真遺憾。」

有那麼一瞬間，她看起來像是被搧了一巴掌，但很快又鎮定下來，非常得體地以一聲「感謝你」回應我的悼念之意，然後回到自己的座位。

「好了，」老爹說。「小鎮集會開始了。誰想要先來？」

四個家族的家長坐在吧檯前的四張高腳凳上，彷彿「最高袋鼠法院」的法官。接下來的狀況也差不多是如此——有人抱怨空氣、有人因為公民道德問題爭辯、有人訴諸正義，或者請求主持公道。這就是所謂的當地政府——只要你能接受老爹和三個跟班「我們即是政府」的心態。

安姬的雙胞胎兄弟之一——洛克率先發難。

「我真的受夠了只有鳳梨和蜜棗當作甜食的生活。它們根本就跟飼料沒兩樣。我想，我是為這裡所有的孩子發言，我們都希望店鋪內能有些像樣的甜食，巧克力之類的。」

雷思——戴著他雜貨店的帽子——立刻就回應了這個問題：大量購買巧克力實在太貴了，但他會努力增加烹飪用巧克力的存貨量。

「但那種巧克力爛透啦，」洛克說。

「該死，那太遺憾了，」雷思說。「我們能有的就是這樣。」

羅波的其中一位女兒正值青春期，她問，不然至少考慮再進一種罐頭水果，這樣種類可以多一點。

「供貨商或許有些帶籽櫻桃罐頭。下次補貨時問他。」

「好吃嗎，那些櫻桃？」那孩子問。

「當然，很好吃，」雷思保證——此時我突然想到，要是一個孩子在沃拉納普出生長大，可能會以為世界上只有兩種水果……而且還是從罐頭裡長出來的。

對於商品的抱怨幾乎佔據了整場集會。葛蕾蒂絲抱怨上週買到的兩包過期臭菸草，然後開始要求可以抽好一點的品牌菸；我後來才知道，她每週都會抱怨一次（雷思則每週都忽略）。羅波最大的兒子葛雷格說，刮鬍刀的配給應該調升至每週一次；他的太太則希望能有尺寸更大的衛生棉——這項要求讓房內的孩子全都開始偷笑，直到老爹低吼「閉嘴」才停止。

聽完這些購物要求之後，我才明白，雷思在此地的生活上扮演非常重要的角色。他是大家對外的溝通管道——決定他們可以使用什麼、不能使用什麼。我立刻在腦中做筆記：一定要盡快弄清楚他「進貨」的時間與方式。

「還有其他問題嗎？」老爹問。

葛斯宣布，如同之前所排定的時間，「火燒垃圾山」在本月的最後一個週六舉行——也請所有人恪盡身為公民的義務，盡量在當天太陽下山前把路上的袋鼠頭丟進垃圾山裡。然後羅波又提醒大家，年度的獵狗行動提前兩週舉行，每個家族都有義務在當天撲滅五隻野狗，才能確保沃拉納普的犬隻數量受到控制。

「還有，我不希望像去年一樣看見滿地狗屍，」羅波說。「必須立刻丟進垃圾山，懂嗎？」

「好，」老爹說。「我要查理和麗亞過來，現在。」

兩個滿臉粉刺的孩子——頂多十六歲——起身後走向吧檯，緊張地彼此對望。

「你們以為我們不知道，」老爹說，語氣非常平靜。「你們以為我們不會發現，是吧？」

麗亞開始啜泣，查理立刻握住她的手。

「現在就給我放手，」老爹大吼。麗亞哭得更大聲了，查理的膝蓋似乎快要跪到地上了。

「羅波、梅維思，」老爹說。「他是你們的兒子，你們覺得該怎麼做？」

「給他一點教訓，」羅波說。「好好教訓一下。」

「湯姆、洛克，上來抓住他，」老爹說。

他的兩個兒子各抓住查理的一隻手臂。老爹起身，把指節折出聲響，然後——在開始之前——轉向我們說，「看呀，看仔細點。這就是蠢貨打破規則後的下場。」

他轉身，右拳經過滑順的圓圈軌跡後揍上查理的頰骨。那一拳相當嚇人。老爹完全沒有保留，真的用盡身體的重量產生最大的力道，當然也造成了最大的損害。麗亞大聲尖叫，但沒有用，老爹——停頓了一下，重新吸了一口氣——甩甩手，像魚雷發射般又給了查理臉上一拳。然後又一拳。然後又一拳。然後又一拳。

安姬坐在我身邊，用力捏住我的手。我看不下去了，只好別開眼神，卻發現克莉斯朵的眼神正如雷達般鎖定我。然而兩人的眼神一交會，她就轉開了，臉色刷白。在此同時，拳頭還是不停落下。

四拳之後，老爹終於累了。「帶他出去，清理乾淨，」他命令兒子。不過情況很明顯，在挨了這麼多拳之後，查理得花好幾個月才有可能「清理乾淨」。

湯姆和洛克把他拖出去時——查理的媽媽緊跟在後——老爹啜飲了一兩口啤酒，整理自己的儀態。

「所以，」他又回復了好相處的模樣，「在結束之前，還有人要宣布什麼事嗎？」

安姬突然舉手。

「怎麼了，小公主？」老爹看著自己的小女孩，臉上滿是笑容。

「我有一個新消息，」她的雙唇間閃現了一絲嬌羞。「是個大消息。」

「說吧，」老爹說。

「我懷孕了。」

6

「妳騙我，」我說。

「我那天殺的老媽，真是不可置信。」她說。

「妳說很安全。」

「總是不把我當一回事，總是惹火我……」

「妳說沒有什麼好擔心。」

「完全是個婊子，沒錯。一個操他媽的婊子……」

「妳對我不老實。」

「當然啦，現在她得對我好一點，因為我已經大肚子……」

「該死的蓄意欺騙，正是如此。妳知道自己幹了什麼好事嗎……妳害我們陷入什麼處境嗎？」

我大吼，她微笑。

「是呀，我知道。」

「妳要我。」

「是你要了你自己。」

「如果我知道不安全的話，就會使用保護措施……」

「我又沒有說，嗯，會是『百分之百』安全。我只是說『別擔心』。是你自己決定要冒險的哦。反正你也只有在上過我幾次後問我有沒有吃藥，之類的。」

「妳之前告訴我，妳的月經在我被關在雞舍時就來過了。妳為什麼要說謊？」

「大概是不想毀了我們的蜜月吧。」

「真是個天大的謊言，安姬……」

又是一個天真的小女孩微笑。

「就算是好了。」

「老天呀……」

「沒必要抓狂，尼克，因為你什麼也沒辦法做。總之……」她把我推到床上，用膝蓋頂住我的胸腔，就這樣騎在上面；我開始覺得痛。「……你不開心嗎？」

那不是個問題；那是威脅。

呢。」

「開心。」

「我好高興，」她從我身上滾下來。「你剛剛說話的方式害我以為你不高興了呢。」

「只是……驚訝，如此而已。」

「如果男孩就叫索尼，女孩就叫雪兒，你覺得呢？」

我覺得在這個孩子出生時，我得想辦法身處於離此地一萬兩千英里的地方。

「真是個好名字，」我說。

「老爹看起來很開心，是吧？畢竟這是他的第一個孫子。」

老爹藉著這個理由喝醉了，還大醉了一場。安姬一宣布完這個令人震驚的消息後，他就命令整間酒吧的人開始狂歡，然後只花了三十分鐘就把半箱啤酒灌進喉嚨裡。一旦酒精起了作用，他便開始像在演「穴居人的感傷劇場」，雙手抱住羅波和雷思（這兩人也已爛醉如泥），然後開始掏心掏肺。「我的小公主要當媽了，」他對著羅波的耳朵小聲哀嚎。「有聽到嗎？你這渾蛋，小安姬要當媽了……」

但老爹的太太一點也不喜歡這場派對，更別提他那婆婆媽媽的樣子。「拜託你去他媽的克制一下，嗯？」她勃然大怒，於是他立刻閉嘴，退到吧檯後方找啤酒。然後葛蕾蒂絲轉向我。

「恭喜你，美國佬，」她再次點燃嘴角的香菸。「你讓那個呆瓜開心死啦。至少現在是如此。」

「妳不開心嗎？」我問。

「沒有特別開心。你呢？」

「嗯……當然開心。」

「當然是不開心。你的表情擺明了就是不開心。我敢打賭，你甚至根本不知道她有了。」

「嗯，確實，是有點……」

「要命的意料之外？」她替我接下話頭。

「可以這麼說。」

「當然可以這麼說。好了，再跟你說一件意料之外的事。你腦中那些想要從這裡逃走的計畫——噢，相信我，你腦中就是在想這些事——給你個建議：全部忘掉。因為你已經把老爹的小『公主』的肚子搞大了，如果你敢試圖逃跑，他一定會殺了你。不但殺了你，還會因此沾沾自喜。」她不屑地對我笑了一下。「享受這場派對吧，美國佬。」

葛蕾蒂絲隨著一團香菸的煙霧飄走，此時一隻手臂立刻繞住我的脖子，使勁把我的喉結往頸椎壓。正當我努力對抗這股勒住我的力量時，額頭卻被一個醉漢大大親了一下。是老爹，表現過度親密得令人不安。

「我可以折斷你的脖子，真的可以，」他的手臂勒得更緊了。「像折斷一根樹枝一樣。不過要是如此，我的小孫子就沒爸比了，是吧？」

「沒錯。」

「小嬰兒總是得有爸比，你知道嗎？」

「我知道。」

他決定不再勒緊我，但手臂還是靠在我的肩膀上。「你會當個好爸比，是吧？」

「我保證。」

「還有，你得讓小公主過得很開心，懂嗎？」

「我懂。」

「只要當個好老公、好爸比，你在這裡就不會有問題。」

「我會努力表現。」

「最好記住這句話，你這小雜種。」接著像安姬一樣，他把剩下的啤酒倒在我的頭上。「從沒想過會有一個美國佬變成我的女婿。不過，你還行。至少我覺得你還行。但記住——要是有天變得『不行』了，你的脖子就會像根去他媽的樹枝一樣斷掉。還有，你最好明天早上六點就給我到修車廠來，準備開始工作……」

他跌跌撞撞地走回吧檯，要求再來一罐啤酒，然後丟掉剛剛幫我「受洗」的空罐。就在我到處搜尋安姬的身影時，頭卻被一條飛來的毛巾砸中。

「擦乾淨，」克莉斯朵說。

「謝謝，」我說，然後用力抹乾被啤酒淋濕的頭髮。

「老爹喝了一點酒之後會變得比較危險。」

「老爹在我每天清醒時的每一刻都很危險。」

「確實是，」她避開我的眼神。「你得小心。」

「我被設計了。」

「我知道。」

「就像妳老公一樣，對吧？他也是被設計的嗎？」

她的臉再次刷白，我立刻後悔問了這個問題。

「我得走了，」她一說完，立刻衝到酒吧的另一端，走出門去；我根本來不及再說些什麼，便立刻感覺到一隻手在我屁股上游移。

「跟我姊姊聊天，嗯？」

是安姬，醉得厲害。

「只是閒聊。」

「跑得還真快，你跟她說了啥？」

「說妳腦子很棒。」

「幹得好，」安姬大笑，然後把臉埋在我的肩膀上。

「應該帶妳回家了，」我試圖把她扶起來。

「還得再喝一點啤酒，」她說。

「妳已經醉茫茫了。」

「要喝兩人份呀，」她說，然後忍不住咯咯咯笑了起來。我緊緊抓住她的手臂，架住她後往門口移動。

「和大家說晚安。」

「晚安，」她對所有家人大吼。

直到回家之前，我們都沒有交談，之後她清醒過來，我們才進行那段有關安全期避孕的對話……接著她就嘗試用膝蓋弄斷我的肋骨。

索尼或雪兒。當晚我躺在床上——安姬的雙手像章魚觸手般纏住我——這兩個名字一直在我腦中回響。我從來沒想過要結婚，當然也沒想過要孩子。畢竟從來不覺得這樣悲慘的自己該被複製下去。但我現在必須成為爸比，而孩子是……

索尼或雪兒……索尼或雪兒……索尼或雪兒。

聽起來簡直像喪鐘在響。

我不禁感到一陣顫慄，立刻決定藉由睡眠忘記這一切。

隔天，我因為一陣乾嘔聲醒來。安姬在廁所裡抱住馬桶，正因為前晚狂飲的啤酒付出神聖而慘痛的代價。不過她終於開口時說的話是：「該死的害喜。」

我心中那個惡劣的渾球正因為她的痛苦而暗自歡喜，彷彿我在雞舍內不停聞屎的痛苦得到了補償。等到她真的乾嘔得太厲害之後，我裝出一個老公會有的無比擔心的模樣，「感覺不舒服嗎？親愛的？」

「真的很難受。」

「說不定妳得躺一下。」

「沒辦法，」此時一陣噁心感又襲來。

「妳覺得今天有辦法到肉廠上班嗎？」（我真的好享受這個場面。）

「沒辦法。」

「一罐啤酒或許有幫助……」

「噁噁噁噁噁噁噁，」她又再次乾嘔，臉脹成棗紅色。

「我應該把妳得請假的事告訴羅波。」

「麻煩你……」

我穿上T恤和一件舊泳褲——也就是工作服，然後對安姬露出了一個好丈夫的微笑。

「拜拜，親愛的。希望妳今天過得愉快。」

再過幾分鐘就六點了，雖然天光非常微弱，沃拉納普忙碌的一天卻已經開始。我沿著那條四分之一英里的道路走進小鎮，不停地聽見學校孩童唱歌的聲音。他們正在大聲誦唱一首童謠：

瑪莉有隻小綿羊，

羊毛潔白如雪，
不管瑪莉走到哪兒，
小綿羊一定跟。
牠某天跟她去學校，
違反了校規……

隨著我愈接近學校，愈能聽見克莉斯朵的聲音正在指揮大家。等抵達了那個開放式的棚架時，我站在路的另一邊，觀看她帶領十位學生歡唱。站在全班面前的她，穿了一身簡單的白色棉長衣，一副角質鏡框的眼鏡顫巍巍地擱在鼻尖上，完全是女教師的模樣，意外的迷人。然而，當她從童謠入門書抬起頭來，眼神與我交會之後，卻又立刻低頭盯著書頁。我想我該離開了。

……學生又笑又嬉鬧，
因為看見小綿羊，
所以老師把牠趕出去，

但小羊沒走遠，
一直耐心地等待，
直到瑪莉又出現。

我應該要向規劃這座城鎮的天才致敬才對：竟然把屠宰場設立在學校旁！只要從開放式的教室走個三十秒，就能抵達沃拉納普的肉類加工廠，機械發出的敲擊聲幾乎要淹沒〈瑪莉的小綿羊〉。此外，要是克莉斯朵的孩子們對童謠沒興趣，只要往旁邊看，就能隨時看到我現在目睹的一切——一輛平台貨車停在倉庫前面，上面高高堆滿了剛被射殺的袋鼠，而我的妻舅湯姆與洛克正從座位上爬到後面的平台。接著，他們站在及膝的袋鼠堆中，開始把屍體一具具丟到肉廠前的水泥廣場上。羅波——身上穿著及臀的威靈頓靴和濺滿血的塑膠圍裙——用靴子的尖端檢查每隻獸體的狀況，再讓另外兩位助理拖進肉廠裡。另外一組工人接下這具屍體，然後用金屬夾鉗住屍體後腿。這個夾子後端連著一條粗鐵線，而鐵線會把夾住的動物拖上輸送帶，等到高低起伏地運送了幾碼之後，最後會送到一個塑膠大桶子上，而葛蕾蒂絲正拿著彎刀在一旁等待。她的身上像是套了一個連身的大垃圾袋，另外戴了一頂白色的浴帽和滑雪護目鏡。她一邊從齒間吞雲吐霧，一邊單手抓住袋鼠的兩隻耳朵往下拗，然後用彎刀砍斷袋鼠的頸動脈。一開始會有一陣血噴出來，接著血液才會平穩地滴入大桶子。等到葛蕾蒂絲確定袋鼠的血液循環系統被淨空，感覺滿意了，她會按下一個按鈕，把袋鼠再送到旁邊另一個大桶子上，此時一位拿電鋸的男人會把袋鼠頭鋸下來。等到頭沒有了之後，袋鼠的身體被送到第三個桶子上。羅波那個正值青春期的女兒，會用手術刀在袋鼠的身上割出一個圓形切口，用雙手扯下那塊肉，再把手伸進去，拖出所有內臟；如果有扯不下來的腸子或臟器，她會再用刀子割除。

「幹得好，梅格，」羅波對女兒大喊，然後看到我站在肉廠的另一端，「你們家那個大小姐呢？」

「病了。」我說。

「照她昨天的喝法，我可不驚訝。」

「她說是害喜。」

「是啦，最好是。幸好在安姬出門旅行時，梅格就來頂替她的工作了。」

「那就是安姬在做的工作？」我看著梅格正在為一隻剛沒了頭的袋鼠開膛剖腹。

「你家老闆完全是個用刀藝術家，三十秒就能把袋鼠的肚子掏空。就連胸腔內也乾乾淨淨。只要和解剖有關的事，安姬都是頂尖高手。你瞧，我們不只賣袋鼠肉，也靠心臟、肝臟和其他內臟賺錢。所以她的刀工一定得非常仔細，畢竟寵物飼料工廠只收完整的內臟器官。這差事以前是葛蕾蒂絲在負責，不過……」他降低音量，表示這是機密資訊。「……老實告訴你，她知道該怎麼切，但動作實在該死的粗野。你自己瞧，葛蕾蒂絲是個『粗手粗腳』的傢伙，所以還是處理頸動脈比較合適。至於安姬……她才是真正有技巧的小姐。不過你最好還是警告她一下，要是再繼續曠班，梅格可能要取代她了。」

我的太太是用刀藝術家，是沃拉納普最會開膛剖腹的人。真是太榮幸了。

「你這裡的規模似乎不小，」我說，努力想避免用力吸氣。我的鼻孔還不習慣這些臭氣蒸騰的內臟。

「中午關廠前可以處理六十隻袋鼠。」

「為什麼只有早上工作？」

「只有腦袋裝屎的傢伙才會想在下午的熱氣中進行肉品加工。」

「肉都從哪裡來？」

「城鎮外，崖壁高處的那一片荒野。太陽下山之後，那裡就成為袋鼠的交誼俱樂部——而湯姆和洛克就會在那時候開始獵殺。」

「負責打獵的只有湯姆和洛克？」

他立刻就知道我在想什麼，於是瞇起眼睛。「其他人都不准上山打獵。」

「當然，只有你、葛斯、雷思和老爹例外。」

「沒錯。」他用右手掌抓住我的手臂，握得死緊。「我帶你去看其他地方的工作狀況，」他把我拖進主要生產區。「我們在這裡把袋鼠的內臟掏空後，就會替牠們小小洗個澡。」所謂的「洗澡」，用的是一個裝滿滾水的大桶子。「我們把這裡稱為『燙水鍋』，」羅波說。「只要放進去燙六十秒，就能把皮毛直接剝下來。很慘的懲罰，是吧？」他對我露出嘴裡僅存的兩顆牙齒——大概覺得這樣就算是在開玩笑。

「我最好還是去工作了，」我想把手臂從他的魔掌中抽出來。

「是，」他說。「你最好快去。」

我必須努力才能克制從肉廠狂奔而出的衝動。等我走到外面的路上後，就連垃圾山聞起來都像阿爾卑斯山一般地清新。

老爹的修車廠就在泥土路的另一端，位於倉庫的後方。所謂的修車廠其實就是間小棚屋，旁邊圍繞著成堆鏽了一半的擋泥板、車門、安全座椅、排氣管和碎裂的擋風玻璃。唯一完整的車輛是一台老舊的大型冷凍貨櫃車，兩側有用顫抖的手繪製的「沃拉納普肉品」商標。我走近貨櫃車，老爹突然從車底現身，臉朝上地躺在修車滑板上，全身滿是車子滲出來的油。此時要說他滑稽得像喜劇演員艾爾・喬森（Al Jolson）也無不可。

「你遲到了，」他說。

「安姬不舒服。」

「六點整就開工，不准遲到，懂嗎？」

「抱歉。」

「你去棚屋裡，我給你準備了工作。」

我走向那間小木屋前，打開門，裡面正是我的福斯小巴士。真是一個令人欣慰的景象——但很快地我就發現，車子已經被架起來，引擎蓋大開，內部所有零件都散在泥巴地上。這輛車就像羅波的死袋鼠般被掏空了。我呆滯地盯著這片光景——彷彿一幅巨大的立體拼圖裂成一千個小碎片——然後轉身，發現老爹站在門邊，黝黑的臉在陽光中發亮。

「喏，別光是站在那裡呀，」他說。「給我全部裝回去。」

7

工作一週能得到四十基特。這是沃拉納普的最低工資，足以讓我的肚子填滿食物，肺部滿是香菸雲霧，大腦也能在晚上因為喝了啤酒而一片朦朧。

「基特」是當地權宜使用的貨幣單位。

以此地的狀況來看，「權宜」確實是適當的說法，因為這種貨幣就和以前看到的「單人票」沒兩樣——這是以前巡迴馬戲團或地區電影放映時所使用的票券。雷思有十幾捲票券，就存在「沃拉納普中央銀行」（他的保險箱），受到嚴密的守衛。每個禮拜五，鎮上所有在工作的人都會在酒吧前排隊，領取他們辛苦工作三十五小時的獎賞……離開時手上拿的就是一長串電影票。這些票券的顏色每週不同，因為每一次發放的貨幣只有七天效期。

「我們不喜歡儲蓄的概念，」一天晚上，葛斯在酒吧向我解釋。「人們會把錢放著不用，然後開始彼此競爭，說什麼『你的錢比我多』。所以我們才決定，這週賺的錢就得在這週花完。讓每個人都平等，避開各種可能讓彼此不滿的情緒。」

我得承認，這種「基特」系統其實非常聰明，可以輕易滿足每個人的需求。而這種設計基於兩種假設──所有十四歲以上的公民都喝酒抽菸。也就是說，最重要的是，工作人口和酒精與菸草的數量必須呈現供需平衡。

「我們是這樣估計的，」葛斯說，「大部分的人一天都會狂飲十二罐啤酒，一週抽掉四包菸草，所以我們設計的薪資系統確保大家不會因為沒抽到菸而鬼叫或崩潰。」

六罐裝的啤酒要價一基特。一包菸草兩基特──一週算下來是二十二基特。如果你一天喝十二罐啤酒、一週抽四包菸草。剩下十八基特的預算分配大約如下：

四磅袋鼠肉：兩基特
四罐醃肉：四基特
八罐罐裝蔬菜：兩基特
一磅奶粉：一基特
八盎司粉末蛋：兩基特
二十四盎司即溶咖啡：三基特

兩捲衛生紙：二分之一基特

一盒洗衣粉：二分之一基特

七條巧克力：三基特

一磅砂糖：兩基特

口香糖：一基特

當然，剩下的十八基特並不足以支持一個家庭，所以只要每多一個小孩，每個家庭就可以再獲得十基特。另外，學生每週可以拿到五基特零用錢。不過在他們年滿十四歲並開始工作之後，前四年只能拿到三十基特的薪資——目的是讓他們的每日飲酒量控制在六罐以下。

除了一長條的基特之外，鎮上的人每週都會拿到一份衛浴組——那是一個裝了一塊肥皂和一條牙膏的紙袋。在沃拉納普，洗髮精、除臭劑、刮鬍膏或爽身粉等奢侈品並不存在。牙刷是每月配給一次，拋棄式刮鬍刀隔週發放，單一尺寸的衛生棉則會定時發給有需要的女性。如果你需要醫療物資，就得來諮詢葛斯，因為他在鎮上扮演醫療檢查站的功能。他的家中甚至有個隔間被應景地改裝成藥房兼急診室。他還驕傲地告訴我，自己曾在廚房的桌上成功地進行了一次闌尾切除手術。

「我不知道你有受過醫療訓練，」我說。

「是呀，」他說，「在伯斯的醫學院待了六個月。」

除了能得到他即興發揮的「國家級醫療服務」之外，沃拉納普的人還有免費的衣服可以穿——不過必須是遇到絕對必要的狀況。雷思在店鋪後方收藏了一批廉價的T恤、短褲、襪子和內褲，但如果想要它們，你必須拿一件破爛到不行的衣物來交換。如果只是稍微扯破的短褲可不行。褲襠必須整個爛掉，雷思才會讓你換。因此，當我第一次造訪雜貨店時，他仔細檢視了我的名牌短褲和T恤，然後說，「看來我大概五年不用替你準備新衣服。」

五年。每到午夜夢迴，我常常會被安姬巨大的打呼聲驚醒，然後一邊盯著錫屋頂一邊想：**在沃拉納普的無期徒刑**。這就是我最後的歸宿嗎？就像那些被終身監禁的囚犯一樣，我必須痴心妄想，在某個明亮的早晨，高層會派來一個人，拍拍我的背，然後說，「惡作劇結束了——你現在可以走啦。」或者告訴我，其實有個方法可以逃離這個警戒層級最高的牢獄。

當然我也知道，所有人都在等我逃跑——因此，人生中第一次，我決定要仔細思考策略；在鎮上的前幾週也不做任何引人注目的事。最重要的是，只用傳統的方式也無法逃出這裡——眼前沒有必須破壞的柵欄、沒有必須剪斷的通電鐵絲網，也沒有可以爬出去的地道；只有一條該死的石子路，沿著山壁陡然爬升到一片空無。根據我的估計，如果沿著那條路徒步走到最頂端的平原，至少得花上四小時。然而，就算我爬上去了又怎樣？再徒步七百公里抵達下一個城鎮？在將近四十度高溫的荒野中？不，還是算了。最好還是壓抑下所有負面的情緒，哪怕是絕望、恐懼和憤怒，都要壓下來。只能假裝正在適應人生中的新命運——同時仔細找出沃拉納普這座堡壘的弱點。

所以我開始全力修復車子的引擎——每天早上五點就到修車廠，一直工作到正午，才跟大家一起下班。我不只打算讓引擎再次運作起來，甚至想將它百分百修復到原狀，把這顆引擎搞成內燃機之傑作，然後讓那個屎蛋老爹知道我的修車技能有多強！

這項工作幾乎花了我三個禮拜。完全是一場充滿愛意的瘋狂勞動。引擎中的所有零件全部取自老爹修車廠中的多餘組件，並被清理乾淨、翻新。我把閥門全部脫焦磨光，也把汽缸蓋脫焦；換了新的閥門彈簧，再裝上新的活塞環、軸承、一組火星塞，和新的化油器。重新平衡曲柄軸，換掉啟動電機，維修分火頭，重新整理所有線路。還對應高速馬力翻修了排氣系統。最後——為了妝點一下——我徒手把整顆引擎刷得跟海軍軍靴一樣鋥亮。

我喜歡這份工作——因為這份工作能佔據在此的整個白日，不但耗去許多時間，也給我一個早上起床的理由。我們總假裝人生是在為了一個更高的理想而拖磨受苦——除了有房子住、有衣服穿，還有食物吃之外，我們還追求一些物質以外的精神。然而，到了最後，我們之所以工作，其實只是為了打發時間——為了避免面對自己的生命有多麼微不足道。反正只要讓自己忙、讓自己承擔大量壓力，就不必思考自己在這個星球上存活的時間是多麼卑劣而無用，或者自己的一生終究是個死胡同。一個由人作繭自縛的死胡同。

所以我每天在工作中投入十個小時，著迷於所有精細的手工活兒——不是為了啟動化油器所用的特殊撞針大費周章，就是在計算潤滑軸承所需的正確油量。我像一位陷入中年危機的郊區中產階級人士，把所有家暴的欲望消耗在大量而瘋狂的工作中。另外，我也發現，大量工作所產生的疲倦有如麻醉藥，足以讓我應付無趣的家庭生活。我五點半就起床，出門；下午三點半，在足以把人曬暈的午後熱氣中返家時，我又讓自己從頭到腳沾滿潤滑油，好延後安姬撲向我求歡的時間。等到淋浴結束，開始喝晚餐前的第一批啤酒（六罐），安姬通常已經昏昏沉沉地陷入所謂的「孕婦午睡時間」。她會在六點驚醒，而我已經準備好晚餐了——總算把廚房的掌控權從我老婆那有毒的手中奪過來。我們會吃簡單的粉末蛋捲，或者是重度燒烤並調味過的袋鼠肉，之後再散步到鎮上，把一天的最後兩個小時耗在酒吧中。最後回家，九點就上床睡覺。

無聊：家庭中最凶猛的疾病，在沃拉納普尤其盛行。此地幾乎沒有可以殺時間的娛樂，例如電視、購物商場、保齡球館或Top 40廣播電台。就連能閱讀的素材都少得可憐。除了克莉斯朵在學校使用的基礎讀本之外，鎮上剩下的書都在雷思店內，但也只是一櫃爛爛的紙本書。精確來說，其實就是三十五本機場小說（我某天算過了），幾乎沒有人借閱過，因為閱讀會佔掉太多喝酒的時間，而喝酒又是沃拉納普最盛行的娛樂活動。除非你像我一樣，還有顆引擎可以忙。

車子變得愈來愈完整，於是我開始思考：這會成為我的救命仙丹嗎？這輛車有辦法把我帶出沃拉納普嗎？一旦車子回復原貌，雷思一定會用這台車到卡爾古利（Kalgoorlie）補貨（因為這台車一定比他原本的廂型車更好開）。我有可能靠著這台車偷渡出去嗎？說不定可以在其中一張小床底下挖個洞，然後想辦法在雷思清晨出發的補貨之旅前躲進去？

我還沒有確切的計畫，然而，當我開始在其中一張小床底下弄出一個小空間時，心中確實重新燃起了希望。如果沒有希望，你一天都撐不下去；如果有了希望，你甚至會相信自己在這行屍走肉的沃拉納普人生之外，還有其他未來。所以我愈來愈沉迷於裝修車子的工作——因為我知道，這代表了一個希望，唯一能夠通往未來的希望。

「你還真愛那台亂糟糟的車子，是吧？」一天晚上，安姬躺在床上問我。

「只是想要修好它。」

「跟我比起來，你更愛它嗎？」

「當然是愛妳，」我說謊。想要存活的本能蓋過了表達真實情感的衝動。

「但比不上那台德製的金屬箱子，你幾乎是和那該死的東西住在一起了。」

「我只是想讓老爹知道，身為一個修車工人，我很有能耐。」

這話讓她無言以對。等到我把重新裝修好的引擎展示給老爹看時，他確實也無言以對，嗯，至少無言以對了一陣子。

那是一個週五的早上。我前一晚完全沒睡，一方面是為了替引擎做最後的調整，另一方面也不希望任何人看見我動了什麼手腳。大約五點鐘時，一切都完成了，就在修車廠內，我攤在成品旁的泥土地上，點燃一根菸，開了一罐啤酒——每次只要完成一項大工程，我便會如同此刻一般被欣喜與沮喪的狂潮襲擊。一個小時後，我聽見老爹走近的腳步聲，所以立刻爬了起來，轉動鑰匙，發動引擎，再打開修車廠的門——一次戲劇化的演出，也確實達到了預期的效果。

他立刻呆呆地停住腳步，「操。」

正如我所預期，一開始讓他震驚的是那一整片白色——一整片發亮的白色烤漆，不但打了蠟，還擦拭到發光的地步。我必須用三層烤漆才能蓋掉原本老舊的迷彩外漆，而且用了一整桶補土才修好拼裝擋泥板的裂縫。噴漆的成果稱不上展示級，但和車子原本的狀態比起來，已經足以讓人目眩神迷。尤其輪轂罩更是被擦得閃閃發亮，鍍鉻鋁圈也修好了；座椅上的內陸沙塵被洗得乾乾淨淨，儀表板因為打蠟而亮晶晶；後座的生活區也被刷洗過一遍，擋風玻璃一塵不染，晶瑩剔透。接下來是內部的發動裝置。我把引擎蓋掀開，當中的所有元素都閃閃發光，發出無瑕又莊嚴的運作嗡鳴聲——像一個完美調音過的管弦樂團。

老爹接近車子，表情幾乎接近尊敬——他的手指劃過冰冷發亮的車體，眼睛則盯著引擎蓋下完美無瑕的一千三馬力引擎，一邊聆聽其中發出來的聲音：漫長、強壯卻又如歌的抑揚頓挫，完全沒有落拍的問題。

終於，他開口了，「你獨自完成的？」

我只是微笑。

「以前做過類似的事嗎？」

「沒有那麼大規模——而且這是我第一次重漆車體。」

「真的棒呆了，」他說。「沒想到你還有這種才能。」

「我也不知道。要開出去繞繞嗎？」

「其實比較想來罐啤酒。應該來幾罐冰啤酒慶祝一下。這裡終於有個真正的修車工人了。」

「謝啦，老爹。」

他似乎對我出現一種全新的尊敬情感，所以看著我，「幹得好，美國佬。」

我從未在早上六點十五分出現在酒吧，但老爹有酒吧鑰匙（雷思出去補貨了）。當我表示自己已經花光本週的「啤酒基特」時，他說由他請客。八點，我們已經解決掉一手六罐裝啤酒，葛斯與羅波也加入我們（肉類工廠的休息時間到了）。九點，我已經另外狂飲了三罐啤酒；我的岳父堅持我們應該回到修車廠，好讓另外兩個傢伙「觀賞」我的成就。十點，我們又回到了酒吧——葛斯和羅波此起彼落地稱讚我，同時和我們一起把酒箱掏空，接著再次口齒不清地討論起車子的話題。十一點，雷思已經回到鎮上，我們又到修車廠進行了一次「車子展示會」，然後回到酒吧，無可避免地又喝了三罐啤酒。等到了中午時，老爹和我已經是最好的朋友了。

「雷思，你這週得給美國佬額外的二十基特，這活兒實在幹得太好了。」

「太感謝了，老爹，」我說。

「一個棒呆的修車工人，」這句話在那天早上大概出現了十次。然後他醉茫茫地對我拉開一個大大的微笑，跌跌撞撞地走了出去。我喝得爛醉，但還是為自己的成就而感到興奮，當然也因為得到老爹和另外三個手下的認可；此外，自從抵達沃拉納普後，這是我第一次打從心底感到舒服，也在酒吧裡昏昏欲睡的快活氣氛中感到自在。我像是一件家具中可被接受的零件，暫時忘了自己的囚徒身分。整個人都醉慘了。

實在是太醉了。雖然想從酒吧的高腳凳上起身，卻感覺困難重重。雷思發現我搖搖欲墜，便把我扶到後面的小房間，丟上一張狹窄的小床。我於是在三十六小時以來第一次陷入昏睡。

他在當天下午五點把我踢醒。

「最好還是回家吃晚餐吧，」他說。

日落前的宿醉——真是一次全新的體驗……而且絕對不值得再試一次。我晃進骯髒透頂的酒吧廁所，放空膀胱，用水龍頭沖頭，然後跑向門口。在走回家的路上，我突然決定再去修車廠看一看，其實就是想再偷瞄一眼自己投入的精細手工，順便感受一下自尊膨脹的快感，然後晚上再帶安姬過來看。

就在接近修車廠時，我聽見電鑽的轉動聲，還有金屬敲擊的清脆聲響。等到我打開門，我竟看見了……一場大屠殺。

引擎已經被解體了。

輪胎被割破了。

排氣管上滿是破洞。

一罐黑色油漆傾倒在引擎蓋上。

擋泥板被打凹了。

而老爹——沒穿上衣，汗流浹背——正用一支電鑽替化油器鑽洞。

我目瞪口呆地站在那裡，感覺既無助又乏力，非常震驚。老爹終於看見我了，於是停止手上的工作，把電鑽丟到我腳邊。

「再把車子全部裝回去，」他說。

我只能無力小聲地問，「為什麼？」

「因為你是個棒呆的修車工人。沒有別的原因。」

8

野狗獵殺從今晚開始。街上滿是犬吠和大號鉛彈發射的聲音。每家每戶都拖出了最髒的五隻野狗，擊斃。我們沒有任何狗，但我倒希望能有把槍。要是有，我一定會用上，首先就是對付老爹，然後是他那個該死的女兒。

「老爹說你根本不懂車。」

「他滿嘴屁話。」

「他說你把車修得一團糟。」

「是他把車給拆了……」

「因為修得一團糟呀。」

「才不是。」

「他說甚至無法發動……」

「我修得很完美。」

「他說你連火星塞該怎麼裝都不懂。」

「操他媽的騙子……」

「不要叫他……」

「操他媽的騙子、操他媽的野蠻人。就像這個操他媽的小鎮上的所有人……」

砰。一記右拳打中我的下巴。我想也沒想，反手甩向她的臉。她往旁邊一歪，跌了下去，膝蓋直接撞上房間的水泥地板，然後立刻開始嚎叫；我馬上感到無比愧疚。然而當我靠過去扶她，同時正要乞求原諒時，她立刻用拳頭正中我的腹部中央，讓人覺得彷彿被開膛剖腹一般。我被揍得喘不過氣來……罪惡感也瞬間消失無蹤。

我躲到床上，用枕頭擋住頭，安姬則繼續胡言亂語。她嚎叫，她哀泣，她讓鎮上的所有人都知道我是地球上最沒用的人。一個毆打孕婦的懦夫。一個蠢蛋。一個廢物。一個失敗者。

我不在乎。毀掉我的車呀，毀掉我呀。那個去他媽的老爹知道我做了什麼，他很清楚。既然你的小公主想把我踩在腳底下，我的態度是這樣：隨便她吧。因為我在這裡的處境反正是毫無希望了，等同一場絕症。他們想看我變成行屍走肉，那我就變給他們看吧。

所以我回到床上，不願起身，拒絕說話，也拒絕吃任何固體食物。我對自己下了委靡之咒。在開始的第一晚，我甚至連廁所都不願意用；明明安姬還睡在一旁，我卻直接尿在床上。由於我一直緘默以對，她的耐心早已逐漸消失殆盡，把床墊變成尿池的舉動，更是立刻讓她失去理智。她罵我噁心、令人厭惡，根本是變態。於是我決定放鬆自己的括約肌，好好讓她大肆尖叫一番。

她確實開始尖叫，歇斯底里地尖叫，然後立刻衝出門外。

二十分鐘後，她回來，帶了一個能提供醫療協助的人——葛斯。他帶了一個小小的醫療包。然而因為凌晨兩點被叫來看診，所以心情不是很好，一看到床墊的慘況後，更是立刻開始反胃作嘔（一如我所期望）。

「該死的美國畜生，」他說。「他常常這樣搞嗎？」

「該死！才沒有。」

「只是問問。」

「你以為我願意忍受這一切嗎？你以為我會忍氣吞聲嗎？告訴你吧，要是他再大便在床上，我會把他像隻野狗般撲殺掉。聽見了嗎？美國白痴。」

我聽見了，但還是擺出神遊天外的模樣：身體僵硬，眼神凍結，不發一語。

「他到底怎麼了？」葛斯問。

「你才是醫生哪，你告訴我呀。」

他拿出一個小小的口袋手電筒，對我的雙眼照了照，然後把聽診器伸到我的胸口，又用橡膠錘敲敲我的膝蓋。「好吧，他還活著。一切看起來也沒什麼大礙。大概是痙攣發作之類的吧，或者是神經崩潰。」

「或者是該被撲殺了。」

「如果是假裝出了問題，應該還不至於大便在自己身上，除非他本來就是個噁心的傢伙。」

「他是。」

「他的反應是有點激烈，但妳能怪他嗎？我是說，這傢伙畢竟不是自願來這裡，再加上老爹對那輛車所幹的好事……」

「那根本就是一場災難，那台車……」

「美國佬修好之後，妳有看過嗎？」

「沒，但老爹說根本就是一團糟。」

「那根本是場魔術秀，安姬。了不起的魔術秀。妳的美國佬技術頂尖，但老爹卻把車砸爛了。」

「鬼扯。」

「妳不相信我，那去問問雷思和羅波。」

「為什麼老爹要把車砸爛？」

「嫉妒吧，我猜。嫉妒再加上喝了太多酒。妳知道老爹的，不喜歡出醜，一旦喝了酒就會更瘋狂。」

「我要跟他說你說了這種話。」

「去說吧。還有，告訴羅波，妳得留在家裡幾天，照顧小尼克。」

「我又不是看護。」

「現在是了。總之，沒什麼大問題。讓他吃飽。如果他想排泄，拿個桶子放在他身體底下，上完之後幫他擦屁股。當作是即將來臨的育嬰訓練吧。」

「還有，記得放塊冷凍肉在他腫脹的下巴上。妳似乎是狠揍了他一頓。」

「他也有打我。」

「好啦……但他被打得比較慘。」

他離開了。等到他確定不可能聽見我們的聲音後，安姬轉過身來，威脅地低聲說，「你愛屎，就給我睡在屎裡面。」

所以我就睡在大便裡。安姬睡在懶骨頭上，任由我繼續泡在骯髒的床單上。也就是那時候，我意識到自己不只是假裝崩潰而已。我的內裡確實有些什麼壞掉了，魂魄遊蕩於陰陽界之間。相信我，如果只是在假裝，現在就該喊停了——因為沒有什麼把戲值得讓人整晚躺在自己的排泄物中。然而，儘管我想從床上跳起來，想把髒床單直接甩到安姬臉上，卻完全沒有這麼做的力氣。所有庫存的意志力都已耗損殆盡。我覺得無能、虛弱，又麻木。我根本動彈不得，完全無法在乎。我走到了無法回頭的境地。我什麼都不在乎了。

幸好那不是一個漫長的夜晚。安姬五點就起床了，因為懶骨頭太小，她看起來心力交瘁。等到她發現我仍一動也不動地待在發臭的床上時，顯然覺得非常愧疚。

「噢，老天……」她小聲地喃喃自語，然後用力搖我的肩膀，在我的耳朵旁大叫了幾次我的名字，希望我回神。我沒有回應。她隨手抓了衣物穿上，跑了出去。半小時之後，她帶著湯姆和洛克兩個弟弟回來，兩人手中抬著一張雙人床墊。

「哇塞，真可怕，」湯姆幾乎不敢直視床墊的慘況。「聞聞那臭氣……」

「妳就讓他這樣睡了一整晚？」洛克問。

「我以為他只是在裝傻，」安姬說。

「我們的姊姊，真是個充滿慈悲心的天使呀！」洛克對湯姆說。

「閉嘴，幫我把他抬去淋浴間。」

在把我抬起來的過程中，兩個男孩不停地發出各種誇張的聲音，時不時便不停捉弄安姬一下：

「這就是妳所謂『性感的傢伙』？」

還有……

「妳得一直清理他的屁屁嗎，小安？」

還有……

「說不定妳得跟雷思談談，看看他有沒有替美國佬準備一些大尿布。」

男孩就是男孩，但安姬可不覺得好笑，所以吼著要他們停止開玩笑，趕快好好幫忙。所以他們把我抓去淋浴，讓我在淋浴間的中央側躺，並用強力水柱沖洗我的全身，直到所有髒汙的證據全被沖走。

接著他們把注意力轉向床鋪，我則被留在淋浴間內。他們把床單捲成一團後塞進枕頭套，把髒透的床墊抬下來，然後把替代床墊放上彈簧底座。

「這個垃圾該怎麼處理？」湯姆問。

「當然是丟進垃圾山呀。」

「得付我們六基特，喝啤酒，」洛克說。

「你們兩個，還真是一對大方的小雜種呀！」安姬說。

「這是項噁心的苦差事嘛，」湯姆說。

「六基特根本就是打劫。」

「那就用尼克的基特，」洛克說。「他發瘋之前不是領基特了？」

「好主意，」安姬說，然後立刻開始翻找我留在床邊的衣物，最後終於在工作短褲的後褲袋找到了兩條票券。

「看來你這週可以喝雙倍的啤酒了，」洛克說。

「要是我得繼續當這根木頭的保母，那大概沒希望了。你們能順道替我從店裡拎一箱啤酒回來嗎？」

「得再付四基特，」湯姆說。

「去你的。」

「兩基特？」

「成交，」她說，然後拿了條超過一英尺長的沃拉納普專屬玩具錢，遞給湯姆。接著她命令兩個弟弟把我扶起來，在淋浴間內站直，好讓她用毛巾把我擦乾。等到終於想辦法把一件T恤套到我身上後，她要他們把我拖進廁所，讓我身體筆直但屁股光溜溜地坐在馬桶上。

「妳要把他留在這裡？」洛克真的嚇了一大跳。

「嗯，我不能再讓他把床弄髒了，是吧？更何況，這是鎮上唯一能替換的床墊了。」

「是啦，可是……這樣有點殘忍吧？」

「那你留下來，每次他想『解放』時，你就把桶子推到他身體底下。」

「不用了，謝謝，」洛克說。

「我敢跟你打賭，」安姬說，「幾個小時後，他坐夠了，就會突然從這個呆樣中醒過來。多少會恢復正常。」

「妳還真是個賤婊子，」湯姆說。

「最賤的，」她回嘴。

但她說對了一件事：半裸地在髒兮兮的廁所內坐了三小時後，我混沌的大腦突然覺得已經夠了，於是說服自己起身回到床上。在我爬上「新」床墊（還是一樣軟趴趴而且中間凹陷）時，安姬開口了，「死人復生啦！」

我把身體蜷縮成自我保護的胎兒姿勢，沒有回答。

「還在不爽，嗯？」

確實。因為剛剛被關在廁所裡，所以我才決定振作起來，但還沒完全被拉回現實中。此外，我也沒有說話或進食的欲望。

「好，如果你不想說話，我也無所謂，」安姬說。「但我警告你，要是你再像昨晚那樣胡鬧，我會再把你丟進去關禁閉。」

我把她的警告放在心上。在這段病弱期間，我也遵照指示排泄。不過除了上廁所之外，我仍然黏在床上，只有進食時會坐起來，讓安姬用湯匙餵我稀稀的蔬菜羹（一湯匙的罐頭紅蘿蔔和豆子加上一馬克杯的水滾煮）。她確實想餵我吃一些固體的食物，但即便是清淡的粉末炒蛋也會讓我反胃，所以安姬只好非常怨懟地用羹湯讓我活下去。她憎恨必須照顧我的每一刻，所以不停地猛灌啤酒，還把音樂劇歌曲放得震天價響，就希望能填滿屋內的空虛。

三天後，我們已經到了這個階段：我像是老人，她則像是尖刻冷漠的看護；我不過是床上的一大塊肉，除了必須一天餵食三次外，其他時候完全不用理會。她甚至不再跟我說話，只會輕拍我的肩膀後宣布：「吃飯時間！」然後沉默又不屑地繼續餵我吃羹湯。

然而，在我崩潰之後的第二個週六，她終於開口說話，簡單宣布自己晚上要去酒吧。因為和我在室內待了一週，她準備好要大喝一場，所以要去為我找一位保母。她到傍晚才回來，而根據她醉醺醺的樣子，我想她已經為明天的宿醉打好了基礎。

「小寶貝看見媽咪開心嗎？」她口齒不清地問。「小寶貝沒在床上便便吧，沒有吧？」

一個聲音從她的身後傳來，「別煩他了，安姬。」

「媽咪為小寶貝帶來一個玩伴唷。」

克莉斯朵走進來。

「嘿，尼克，」她努力保持口氣平穩。「一切可好？」

「他根本不會跟妳說話啦，」安姬說。

「說不定會。」

「不會，他已經變成一個白痴啞巴了。」

克莉斯朵還是想要盡力一試，所以又開口，「你瘦了很多，尼克。」

「他確實瘦了，」安姬說。「如果妳除了蔬菜湯什麼都沒吃，一週後也會瘦。」

「我不需要變瘦，」克莉斯朵說，眼神在安姬豐滿的體態上游移。

「賤貨，」安姬說。

「照顧他時需要特別注意什麼嗎？」

「電爐上的鍋子裡有一些蔬菜羹。大概一個小時後，加熱，然後餵他吃一馬克杯的量就好。只需要做這件事。真的。」

「那妳可以走了，」克莉斯朵說。

「妳真的不介意嗎？」

「不介意。」

「妳太棒了，姊，」然後她就離開了。

「『睡了一個瘋子，最後也會變成瘋子』──我以為像你這樣聰明的男人，應該知道這是內陸生活中第二條不變的鐵律。」

一抹淘氣的微笑出現在她唇間。那是一抹異樣的笑，似乎也是我第一次看見克莉斯朵微笑。她在我身邊坐好，然後以一種之前不曾出現在我們之間的自在姿態開口。

「你會開口跟我說話，對吧，尼克？因為實在有太多事情必須談談。」

我努力聳了聳肩。

「你慢慢來，」她說。「準備好再開口。不過首先……你得先吃點東西。更何況，安姬之前餵你的大概都是餿水。」

她穿過珠簾後走到廚房，把一根湯匙伸進蔬菜羹中，舀了一口放進嘴裡，然後吐出來，臉扭曲得像是不小心喝到液態硫磺。

「難怪你沒有胃口，」她把鍋子扔進水槽中。「看我能不能弄得好一點。」

她在櫥櫃中翻找，掏出各種罐頭和調味料。半小時後，她端了一馬克杯熱氣蒸騰的蔬菜湯到床邊。

「不好意思，還是蔬菜湯，」她說。「這裡的物資實在弄不出什麼變化。」

她協助我在床上坐好，然後用湯匙餵食。雖然同樣是爛糊的紅蘿蔔和豆子，但經由她的改造，總算變得比較容易入口。我大口地吃了不少，在睡著之前又吃了一次。

等到醒來時，安姬正從門口摔進來；克莉斯朵則坐在我身邊，腿上攤著一本《魯賓遜漂流記》的老舊教學版用書。

「這畫面多好？」安姬說。「小護士在床邊照顧病人。他有給妳找麻煩嗎？」

「幾乎整晚都沒動。」

「有些姑娘就是比較幸運。」她打了個大嗝。「不會再想當他的保母了吧？」

「還是可以呀，」克莉斯朵說。「如果有錢的話。」

「八基特？」

「十。」

「不然，週三晚上付妳八基特，週六付妳十基特，除非妳真的很想去看火燒垃圾山。」

「錯過也沒差……不過要十二基特。」

「臭婊子。」

「不付拉倒。」

安姬又打了個嗝。

「成交。」

克莉斯朵一離開，房內又陷入連續七十二小時的沉默，而我也重新回到如同監獄伙食的「安姬爛湯地獄」。到了週二，我便開始倒數，一直數到我的大姨子終於抵達為止。

「他有好一點嗎？」克莉斯朵終於在週三晚上到來，手上拿了一個小網袋。

「沒，」安姬說。「還是像個智障一樣。」

不過安姬才一離開，克莉斯朵就對我說，「你好一點了，是吧，尼克？」

我沒動。

「至少可以吃點蛋捲了？」

我搖頭。

「用真的雞蛋做的唷。」

我說了兩週以來的第一句話，「真的雞蛋？」

克莉斯朵用一個微笑歡迎我返回地球，然後把手伸進網袋，掏出一個裝雞蛋的紙盒。「半打的自由放養雞蛋，」她說。「昨天雷思在卡爾古利買的。還有一磅的切達起司和一些蘑菇。要試著吃一點嗎？」

「可以試試。」

「好，那麼，一份起司蘑菇蛋捲，馬上來！不過在我料理的同時，何不去稍微洗個澡呢？我可不想跟一個渾身臭氣的男人一起吃飯，而現在的你實在是臭翻啦。」

她說得沒錯——我上一次接觸到流動的水是十二天前，當時是湯姆和洛克把我拖去淋浴。然而現在，雖然還是覺得身體乏力，但聽見奶油在煎鍋裡滋滋作響的聲音（那在沃拉納普是如此稀罕的聲音），我決定去淋浴。

水一如往常冰冷。一開始確實有點不舒服，但到了後來，我其實很高興水如此冰冷，並任由那陣冰冷將我從身邊的一整片黑暗中驚醒。我甚至刮了鬍子，還用肥皂仔細洗掉身上的髒汙。然後──克莉斯朵禮貌地把眼神避開──我跌跌撞撞地走回床邊，套上一條短褲。

「感覺好一點了？」她問。

「一點點，」我說，但突然又覺得暈頭轉向，所以在床上躺下。

「看來你還無法坐在桌邊用餐，」克莉斯朵拿著兩只盤子過來。「要我餵你嗎？」

「我自己來。」

我接過盤子和叉子，然後立刻被蛋捲的香氣征服了。在吃過這麼多粉末與罐頭食物之後，新鮮食材簡直是威力無窮。我手中拿的叉子有點顫抖，但最後還是穩住了，終於刺向那份完美烹調的蛋捲。我咬了一口，立刻就覺得回到了緬因州；回到了「布朗斯威克小姐」快餐店。那間快餐店位於I-95公路旁的一個卡車休息站，店內提供的起司蘑菇蛋捲無人能及——直到我遇見了眼前這一盤。

「好吃嗎?」她問。

「好吃,」我說。「非常好吃。」

「慢慢吃。你的腸胃必須重新適應固體食物。」

我遵從她的指示,不但仔細小心地吃,也珍惜嘴裡咬下的每一口。等到吃完之後,克莉斯朵把手伸進網袋裡,又掏出另一個驚喜:一包萬寶路。

「從哪裡來的?」我說。

「跟雷思討來的。」

「沒想到他有在囤積真正的香菸……還有新鮮雞蛋。」

「官方說法是——他沒有……但其實,他每週會為自己和三個黨羽帶些奢侈的食物:冷凍牛排、雞肉、真正的雞蛋、上好的澳洲酒,偶爾還會有頂級的蘇格蘭威士忌。他們不把這些東西分享給其他家人,都是每週聚會時自己吃。只有他們四個人能聚在酒吧樓上的房間內,狼吞虎嚥那些沙朗、菲力牛排、雞胸肉,還有希拉牌葡萄酒。

「當然,對於這場『私人宴會』上的菜單,他們保密到家。因為我們都在吃袋鼠排和罐裝火腿肉,要是發現他們吃得好,他們要付出的代價可大了。」

「那為什麼和妳分享？」

「罪惡感。」

「什麼罪惡感？」

「傑克。」

「妳丈夫？」

「我們根本沒結婚。」

「但安姬說……」

「安姬是個騙子……在很多方面都是。」

我拉起她的左手。「這不是他的戒指？」

「沒錯，這是他的戒指，但不是結婚戒指。只是一枚戴著好玩的便宜貨。」

「為什麼雷思會因為他而有罪惡感？」

「下一次再談吧，尼克。」

「他們殺了他？」

「先不要談，拜託。」

「但是……」

「不要。」

她語氣中的憎恨如此明顯，我立刻放棄了。

「抱歉。」我說。

「沒關係，」她輕輕捏了一下我的手。「想抽根萬寶路菸吧？」

「是呀，我想。」

她遞給我一包菸和一盒火柴。「恐怕不能讓你留著。要是安姬看到了，一定會告訴媽媽，她一定會抓狂。你也知道葛蕾蒂絲一直在吵著要抽品牌香菸。所以你現在只能盡量多抽幾根。」

我打開包裝，也遞給她一根菸。

「在沃拉納普，我是唯一滿十六歲卻不抽菸的人。」她說。

我笨拙地拿起火柴，終於還是點起一根，然後把香濃的維吉尼亞菸草燒出的煙霧吸進肺臟，閉上眼睛，再把煙吐出來。

「感謝妳，」我說。「非常感謝妳。感謝妳所做的一切。」

「萬寶路香菸的味道如何？」

我又深吸了一口美味的菸。

「像回家一樣，」我最後說。

「不好意思，害你想家了。」

「我總是想家。」

「實在不能怪你。這是個糟糕的地方。本來不該是糟糕的地方，但結果就是如此。」她又把手伸進網袋裡翻找，最後拿出一個破舊的蕉麻紙製大信封。「我覺得你應該看看這個，」她一邊說一邊把信封遞給我。

裡面是一小疊剪報，因為年代久遠而泛黃易碎。第一張剪報取自伯斯的《西澳洲人報》，是一篇一九七九年三月十二日的報導。

三人在石棉礦場爆炸中身亡（沃拉納普）

昨天在大維多利亞沙漠的沃拉納普，一座聯合礦業的石棉礦場中，有三位礦工因為粗製濫造的火藥管爆炸而身亡。根據目擊者指出，炸藥被埋在礦井深處，目的是炸裂岩石，但卻提早引爆，害死了當時仍在現場的三位礦工。他們是喬·約翰·德萊斯德爾（五十五歲）和一對雷諾德家的兄弟——哈洛德（五十一歲）和巴斯特（五十四歲）。三位全是沃拉納普當地人，已婚並育有孩子。救援隊無法成功地將屍體拉出來，因為礦井在爆炸之後隨即著火。

「巴斯特．雷諾德是我的祖父，」克莉斯朵說。「老爹的老爹。而哈洛德則是雷思的父親。」

我又翻到下一張來自《西澳洲人報》的剪報，日期是一九七九年三月十四日。

礦場爆炸的小鎮即將進行疏散（沃拉納普）

在石棉礦井兩天前爆炸並竄出火花之後，與世隔絕的礦業小鎮沃拉納普即將進行疏散。目前火勢仍在地底悶燒。

礦物與原料資源局長賈克．史密斯，他在位於坎培拉的辦公室宣布了疏散計畫：「如果石棉礦場著火，對人類健康會造成巨大的潛在風險。已經有三位礦工死於這場悲劇性的意外，我們當然不希望看到更多傷亡，所以毫無選擇，我們只好命令整座小鎮立刻疏散淨空。」一百二十位居民將由客運車送到七百公里外的卡爾古利，也就是距離沃拉納普最近的城鎮。西澳社服部將會提供緊急住宿之協助。

「我永遠忘不了那次前往卡爾古利的車程，」克莉斯朵說。「我當時才十歲，一切都讓人痛苦。老爹還無法接受父親的死，一直大喊一切都是礦業公司的錯；因為他們總是使用廉價火藥。其他人則是因為無法把家當帶走而痛哭。當時是夏天，他們派來接送我們的客運車卻沒有冷氣，再加上路況不佳，我們花了二十小時才抵達卡爾古利。終於抵達之後，他們在城鎮外圍架起了恐怖的軍用營房——全是已經十年沒有使用或打掃的營房，裡面空空如也，只有老鼠屎和堵塞的馬桶。然後，大約三週後，原本掌握沃拉納普的礦業公司不再支付大家薪水，因為他們決定廢棄這座小鎮。」

我伸手去翻下一張剪報——一九七九年四月二十日：

石棉礦場關門大吉（伯斯）

澳洲聯合礦業今日宣布，他們位於沃拉納普的石棉礦場——在上個月的爆炸後嚴重受損——將停止營運，此項決定立即生效。公司公關部之資深副總裁羅索．亨利，他在一項事前準備好的聲明中指出：「這座具有歷史性的礦場從一八八九年開始營運，對於必須將其關閉，聯合礦業深表遺憾。不過，在上個月發生的爆炸與火災中，三位最資深的雇員失去了性命，礦場也就無法繼續運作下去。此外，我們的安全專家指出，石棉大火還在地底下悶燒。」聯合礦業的決定讓沃拉納普的居民極為憤怒。其中大部分居民還住在卡爾古利的臨時居所中。沃拉納普的行動委員會發言人——米拉和雷思・雷諾德在這次災難中失去了父親，他們告訴記者，「這等於是宣判了這個小鎮死刑。」

「老爹的真名是米拉？」我說。

克莉斯朵無法克制地笑了出來。「千萬別讓他發現你知道了。他恨死這個名字了。」

「礦場被關掉之後呢？發生了什麼事？」

「情況變得很難看，」克莉斯朵說。「非常難看。」

《西澳洲人報》一九七九年五月二日：

兩人在礦業公司示威中被捕（伯斯）

昨天在伯斯中部的聯合礦業總部外面，示威者與警方發生了激烈衝突，兩名男性因此被捕。

這兩名男性——沃拉納普行動委員會的米拉和雷思・雷諾德——在攻擊了正離開公

司的聯合礦業發言人羅索．亨利後，立刻遭到逮捕並帶至警局。其他示威者試圖阻止警車離開，於是又爆發了另一波衝突。

雷諾德兄弟後來被帶到威廉街上的裁判法院進行審訊，之後被告誡保持平和，並以一百元交保。他們在接受審訊後接受記者訪談，米拉．雷諾德指控聯合礦業公司冷血無情。

「我們在礦坑中失去了父親。我們失去了家園。我們失去了整個小鎮。聯合礦業有補償我們嗎？什麼都沒有。他們任由政府把我們送到次等的臨時住處。他們不再付薪水給我們。對於我們痛失的家人，他們一分錢也沒有賠償。就我看來，他們就是一群惡劣的小人。」

「老爹和雷思沒有被關進監牢，」克莉斯朵說，「聯合礦業因為對待礦工不周而形象大傷，所以要求法院撤回所有指控。最後也確實賠償了一些錢——每個沃拉納普家庭各五千元，丈夫死去的寡婦再額外補貼一萬元。根本微不足道。真的。更何況，我們可是失去了賴以維生的一切。

「更慘的是，卡爾古利的礦場工作都已經額滿了。因此，所有人開始往全國各地發展，哪裡有工作就去哪裡，整個小鎮就這樣分崩離析。老爹把我們全部帶去伯斯，他在那裡的修車廠找到一份工作，媽則在當地的旅館當清潔工。雷思後來也帶了全家到伯斯，羅波叔叔也是，兩人想辦法在弗里曼特爾（Fremantle）附近的屠宰場找了一份夜班差事。最後，葛斯也來了，竟然還混入當地大學的醫學準備班就讀，不過最後還是被退學了，於是和一些藥頭廝混，賣大麻，但也因此賺了不少錢。即便如此——就和老爹及其他人一樣——他討厭大城市，也一直在討論回去沃拉納普的可能性。」

她瞄了一下手錶，突然變得非常公事公辦的模樣，先是把剪報收好，然後開始收盤子。「最好在此打住——在安姬回來之前打住。剩下的部分會在週六給你看。你喜歡肉排嗎？」

「袋肉排？」

「菲力牛排。雷思說他會為我在冷凍櫃裡留兩塊。我們可以在火燒垃圾山當天偷偷來點火烤肉排。你覺得如何？」

「週六快點來吧！」

安姬看到克莉斯朵把我逼去洗了澡，非常開心，醉醺醺地做出評語：「操，他現在乾淨得發亮。」不過只要她在身邊，我還是堅持神遊天外，只是一心期待週六下午的六點鐘趕快到來。

克莉斯朵果然準時出現——安姬也立刻衝出門外，「我真的會很晚回來唷。」等到她終於上路之後，克莉斯朵把袋子放在廚房桌上，拿出了一個蠟紙包。打開之後，露出兩塊切工完美的圓形紅肉，大約兩英寸厚。

「美呆了，是吧？」她說。我注意到她剛剛洗過頭髮，身上還有一種異國香氣。可能是廣藿香。她開始把袋子裡的其他東西拿出來，向我展示所有新鮮的食材。

「本日晚餐的菜單是：香煎菲力牛排、大蒜奶油燴芹菜、新鮮的番茄沙拉。還有一瓶曼達岬酒莊的卡本內蘇維濃紅酒——是一瓶好酒。不過首先……何不再去洗個澡呢？你又開始發臭了，朋友。」

我只能在冷水中撐個五分鐘，但結束後確實覺得好多了。這次，我沒有再隨便套上髒舊的T恤和短褲，而是從置物箱中翻出最棒的衣服：一件Brooks Brothers的白色牛津上衣和一條Gap卡其褲。在踏入這個「化外仙境」後，這還是我第一次穿上長褲。

「煥然一新，」克莉斯朵上上下下地把我看了一遍。「你又是個人類了。」

「正朝目標前進中。」

「這應該能幫你一把，」她遞給我一瓶血色的紅酒。

我把玻璃瓶放到鼻子下，深深地吸了一口氣，頭因為複雜的酒香感到陣陣刺痛。然後，我從未如此小心翼翼地啜了一口。

貝魯特人質危機⑫發生後，我記得在某處讀到一篇文章：一位被釋放的法國人質出了一本關於酒的小書。那不是一本品酒家指南，也不是「三塊一瓶的波爾多酒」的那類指南書，而是一本探尋酒作為精神滋養品的書籍。裡面談的是夏布利好酒的形上學，非常法國風。不過那一小口紅酒確實讓我的味蕾如受電擊，我突然理解了那本書中的抽象提問——為什麼酒對於一個被拘禁的人帶有如此大的力量？倒不是酒精的效果讓人情緒激動，而是當中細微而精緻的內涵讓你想起生命中的一切激情——當然也反映了必須超脫眼前困境的需求。精神上來說，人生的重點就在於尋找超脫自己存在之平庸的稀有狀態，而我想，如果一兩杯上好的卡本內蘇維濃紅酒可以讓我達到那個境界，那也不是件壞事。

⑫ 一九八五年，什葉派恐怖份子劫持美國環球航空迫降貝魯特，以要求以色列當局釋放其關押的什葉派教徒及巴勒斯坦犯人。

這頓晚餐也是逃離困境的美好體現。克莉斯朵把桌子仔細鋪好，上面放了兩個瓷盤，亞麻餐巾和餐墊。她還帶了沃拉納普當地唯一的古典樂唱片（莫札特的雙簧管協奏曲），放上唱機，然後點了根蠟燭。等到她把日光燈關掉後，這個稱為「家」的垃圾坑便沐浴在柔軟、閃爍的微光中。然後她把牛排端來——外層煎得完美酥脆，內層冰涼粉紅。蔬菜也一樣優雅。芹菜燴得很精緻，番茄則佐以少量油醋，還用了一點羅勒提味。我們在一片虔誠的靜默中緩慢進食，不想打破此刻的魔力；就某種程度而言，這場幻覺排除了我們眼前嚴峻的現實。這不是一頓飯；這是宗教救贖。

「抱歉，我實在無法找來真正的咖啡，」她說，「但我還是有帶萬寶路來。」

「妳實在太棒了，」我說。

「差得遠了，」她把手伸進袋子裡翻找，我可以看出她臉紅了。「我也帶了這個來，」她又把兩張剪報遞給我。

第一張是大篇幅的報導——《墨爾本時代》的週末版頭條，日期是一九八三年五月十六日。頁面的最上方是老爹的大幅照片（看起來比現在年輕不少，但還是很像猿人，而且非常嚇人）。他正獨自站在狂風掃過的沃拉納普的空曠主街上。底下是頭條文字：

小鎮之死／克里斯汀・奇勒

他回來參加葬禮，小鎮的葬禮，告別這個家族三代都稱為「家」的所在。就在上週六，位於坎培拉的聯邦政府宣布，大維多利亞沙漠的礦業村莊「沃拉納普」已經正式廢棄，不再具有社群功能。對於米拉・雷諾德而言——他和父母與祖父母都在此地出生長大——這就像是必須哀悼所愛之人的逝世。

礦物與原料資源之聯邦主席朗恩・布朗尼負責宣布這項消息，同時為沃拉納普敲響了喪鐘。他在上週五發表這項聲明——這座小鎮在一九七九年礦坑爆炸後就已經無人居住——此後，這座小鎮將不再屬於任何政府或聯邦組織……

「當然，那不是老爹最後一次回到沃拉納普。他常會突然回來，身邊可能跟著雷思、羅波或葛斯，目的是確保沒有遊民或原住民佔領這座小鎮。在那個時候，我們四個家族都住在弗里曼特爾，就在兩棟相連的房子裡，氣氛像是一個大公社。光溜溜的小孩子到處跑，大家都在抽大麻，也有很多稀奇古怪的想法在醞釀。我還記得好幾次，老爹和另外三個男人共享一支大麻菸，一邊夢想著有一天能夠搬回沃拉納普，建立屬於自己的社群，不再和這個國家的其他地方有聯繫。那會是一個自給自足的社會，不會因為金錢而受剝削，也不會有貪婪的問題，更不會有像現今澳洲因欲望而引發的其他問題。他們還擁有一個小鎮，只是需要重新經營——需要一個小產業或事業來運作，但又不希望太多人發現有人回到這個被政府宣布不宜人居的地方居住。」

克莉斯朵說，大約是這個階段，有一兩個家族的祖母過世了，總共繼承了大約兩萬元——他們全部存起來，打算找一天大舉遷回沃拉納普。然後，在一九八六年的某天早上，羅波下班回家，他非常興奮地說他在屠宰場認識了一個名叫瓊斯的傢伙；他正打算在卡爾古利開一間寵物飼料工廠，所以需要有人在那個區域提供屠宰過的袋鼠肉。

沒過幾天，瓊斯到了他們家談錢的問題。接下來的某個週末，他們開車載瓊斯到沃拉納普，把一個適合當小型屠宰場的倉庫秀給他看，然後開始討價還價。首先，他們希望他投資買一些屠宰設備，之後便會成為他的獨家袋鼠肉供應商，而且賣價極低，大概只有其他屠宰場的一半。此外，他們也不會有銷售稅的問題，因為這會是一家幽靈公司——由一群政府以為已經消失的小鎮居民來運作。

我翻到最後一張剪報，那來自澳洲一份主流週刊《告示板》，日期是一九八六年八月二日。根據克莉斯朵所知，這是沃拉納普最後一次出現在報章雜誌上。那是一篇很短的文章，似乎來自一個日記專欄。

似幻又真

上個禮拜，當皇家澳洲交通俱樂部發布新的公路地圖時，有一個小鎮消失了。我們辦公室中有人敏銳地發現，在大維多利亞沙漠裡的礦業小鎮沃拉納普——於一九七九年的石棉礦坑爆炸事件後被聯邦政府關閉——不再出現於RAAC新發表的西澳大利亞地圖上。另外，從沃拉納普通往卡爾古利的單線道高速公路320K也消失了。根據RAAC的首席製圖者羅吉諾・凱同—瓊斯指出，之所以決定把沃拉納普從地圖上刪除，是因為「那是在荒郊野外的一個鬼鎮。老實講，就跟消失沒兩樣。如果一個鎮消失了，那當然不需要出現在地圖上」。

「在這篇文章出現後，我們幾乎是立刻搬了回來，」克莉斯朵說，「因為我們知道，不會有人再來沃拉納普找麻煩了。所以我們結束了在弗里曼特爾的生活，通知鄰居和老師，表示我們的父親在東部找到工作，然後每個人收拾行李，當晚就出發，再也沒有回頭。」

「沒有人反對嗎？」我問。

「我們都確信這會是一場了不起的冒險旅程，就像永遠不會結束的夏令營。」

「妳也被這個幻想收買了嗎？」

「當然。我當時正在讀師範大學，是大一生，有一個名叫大衛的衝浪手男友。他把大部分的時間都花在海邊。不過當老爹對我說，『我們需要妳在沃拉納普當老師。』我無法拒絕。家人就是家人。而且，重新建立一個小鎮聽起來很浪漫，更何況是要重建自己的家鄉。

「剛開始幾年，我們都覺得有點像拓荒者。我們得依賴有限的資源生活，食物種類不多，還得學習在沒有電視和電影的環境中生活，也得重新習慣周遭的一整片荒漠。不過沒有人介意，真的——因為我們都覺得這是一件了不起的事。我們擁有一個完全屬於自己的小鎮，可以自己制定規則，完全不用管外在世界如何。

「然而，就算老爹和他的黨羽想出了許多聰明的制度，例如『基特系統』，肉類加工生意也成功了，但在計畫這個『公社之夢』時，他們忽略了一個非常明顯的問題：所有小孩長大之後要怎麼找到另一半？你的安姬正是一切問題的亂源。在她十九歲時，有一天晚上，雷思發現她正在雞舍打炮，對象正是羅波其中一個正值青春期的兒子。」

我被自己肺裡滿滿的煙嗆到。「她上了自己的表弟？」

「你認識皮特吧？就是負責把死袋鼠砍頭的傢伙。就是他。」

「但她告訴我……」

「什麼？」

「……說我是……」

「她的『第一個』男人？」她的聲音變大，顯然不可置信。「你竟然相信她！」

「當時就相信了，」我虛弱地說。

「男人真了不起，」她說。「平常氣燄高張又充滿算計，一遇到性——你們全都變得愚蠢無比。你不是第一個了，朋友，你甚至不是第二個、第三個、第四個或第五個。安姬基本上就是鎮上的床墊——為大部分的男性表親提供沃拉納普的健康教育課程，直到雷思發現她和皮特在雞舍裡亂搞為止。這下問題可大了。更何況，她還懷孕了。」

我又開始咳個不停。

「嬰兒怎麼了？」我問。

「兩個月後，她流產了——你應該可以想像：大家都鬆了一口氣。不過我們的父母還是很擔心。因為他們意識到，遲早會有人被自己的表兄弟或堂兄弟搞大肚子，甚至可能是自己的親兄弟。如果他們不想點辦法阻止家族內發生性關係，沃拉納普的下一代大概會是一批變種怪物。」

「所以，他們召集大家開了一場會議，並在會議中宣布，只要有人被發現和親戚發生關係，就會被狠狠地處罰——所以你才會在第一週看見查理被揍。不過他們也向我們保證，只要年滿二十一歲，我們就可以離開沃拉納普六到八週，進行『尋找伴侶之旅』，然後再把對象帶回來。」

我說，「他們不可能期待所有人到了二十一歲還是處女或童子吧？」

「他們當然也知道——荷爾蒙就是荷爾蒙——孩子一定還是會到處亂搞。然而他們也希望，在訂立不准性交的規則後，至少能降低近親繁殖的機率。他們也期待，只要大家長大，並不斷帶著新人進來之後，問題總有一天會消失。」

「所以我是被綁架來這裡的第二個人？」

「不，你是第四個。有跟潔妮和卡莉聊過嗎？她們是羅波的兒子朗恩和葛雷格的老婆。潔妮是伯斯的一位超市收銀員；卡莉之前在布里斯本的麥當勞工作。兩個男生在各自的旅程上遇見她們，也求婚了，希望她們到一個荒野小鎮定居，她們都接受了，所以快樂地來到此地。」

「妳是說，她們沒有被下藥？」

「沒有必要。她們想要結婚，又遇見一個喜歡的男人，就這樣。當然，潔妮和卡莉不是非常聰明的人，大概也因為如此，她們適應良好。總之，大家看到這兩對成功之後都非常開心，也相信這套『把新人帶進來』的計畫能夠成功。」她停下來，喝掉杯子裡最後一點酒。「然後輪到我去找男人了。」

她吹熄蠟燭，打開天花板上的日光燈。晚餐時的浪漫氣氛轉眼消失無蹤，只剩下閃爍的白熾燈管。我們又回到了原本的「家」，那個垃圾坑。

「該稍微走一走了，」克莉斯朵說，把萬寶路的包裝和菸頭倒回袋子裡。「你有辦法走嗎？」

「我可以試試看。」

滿月柔化了沃拉納普夜空中虛無的黑暗，也足以讓我們看到路。

「他們還沒把垃圾山點燃，」她往小鎮的方向看。一陣炭烤動物肉的味道傳來，伴隨大家喝酒的吵鬧狂歡聲。「你不介意錯過那個活動吧？」

「別開玩笑了，怎麼可能。」

她帶我走向遠離村莊的方向，越過我們家，走了幾碼，就抵達路的盡頭。然後她帶我走向鎮外開闊的高原，在走過碎石土地時，她也幫助我保持平衡。我一路跌跌撞撞——因為八天沒有動，雙腳顫顫巍巍——終於，克莉斯朵把我帶到一小片平坦的土地上，上面的石頭都被清光了；中央有一塊狹長的土堆，大約六英尺長。那是一座墳墓。

克莉斯朵一直使勁地盯著那座墳墓，然後說，「傑克，我是在伯斯的海灘遇上他。他很高，是個邋遢的傢伙，淺黃色頭髮，一口爛牙，但笑容很燦爛。他剛在雪梨拿到了英語學士證書，正在想下一步。他幻想自己可以當個作家，但也承認自己太懶，沒辦法好好靜下來寫作。『無憂無慮』的類型。很有趣。

「總之，我們開始約會。幾乎有三週都住在海灘上，一直處得很好，所以我開始思考，『這次應該行得通。』我告訴他沃拉納普的狀況，他似乎對於在一個地區建立公社生活很有興趣，所以說，好呀，他載我回家，反正他對未來沒有規劃，而且也想到真正的荒野中來趟旅行。

「那次的返鄉之旅完全是場災難。整整三天坐在他的霍頓車上，從頭到尾都熱得嚇人。等到抵達小鎮之後，他的反應就跟你一樣：『什麼鬼垃圾堆呀！』所以，大概過了四十八小時後，他就開始打包，他說雖然很喜歡我，但實在無法接受那座垃圾山，或者此地的任何一切。雖然不希望他離開，但我也沒有阻止他。然而，他才剛開上坡地，老爹和其他男人就全副武裝地衝出去了，全都帶了槍。總之擋住了他的去路。

「『現在到底是怎樣？』他問。老爹跟他說，『你不能走，你得留在這裡，和我女兒結婚。』傑克說他瘋了，老爹甩了他一巴掌，然後說，『她不是帶你來旅遊的，小子，她離開這裡就是為了去找一個老公回來，而你就是那個人。』

「我就站在離他們幾英尺的地方。老爹說完之後，傑克轉向我——我永遠不會忘記他的表情：純然的憎恨。然後他走過老爹身邊，跳上車，打算開走，羅波和葛斯全都追在後面。老爹對著車頂警告性地開了一槍，但傑克繼續開，所以他瞄準車子後方的擋風玻璃，開了兩槍。玻璃碎了，車子突然停住，喇叭開始轟然作響。我們全都往車子的方向跑去，而傑克已經趴倒在方向盤上。他的後腦杓被打爛了。」

遠方傳來醉醺醺的倒數聲——五、四、三、二、一——垃圾山被點燃，大家發出了興奮的喧鬧聲。瘋狂的橘色火焰衝上夜空，就像凌空炸開的狂亂煙火。很快地，沃拉納普完全被這股光芒覆蓋。彷彿煉獄中的大火。

「所以雷思把好肉和好酒給我，就是要我閉嘴，」克莉斯朵又說。「因為，就和此地的其他人一樣，他們對於傑克的事很愧疚——除了老爹之外。『傑克必須死，』他告訴我，『要是他離開了，一定會把我們的事告訴警察，那沃拉納普就完了。』

「傑克死了。但他仍然把安姬送往北方尋找老公。大家都建議她抓個荒野中的粗人回來就好，比較能融入這裡，但她不聽，帶了你回來。那天早上，看見你出現在雞舍，我就知道一定得把你救出去。」

她用手臂勾住我的手臂。「那就是我打算做的事。」

我小心地端詳她。「妳有計畫嗎？」

「沒錯，」她說。「我有個計畫。」

「那麼……告訴我。」

「不急，朋友。不急。」

我們轉身面對那片大火。

「好大的火呀，」我說。

「好大的火。」

「克莉斯朵……」

「嗯……」

「內陸生活的首要鐵律是什麼？」

「千萬別在天黑後開車——你可能會撞到袋鼠。」

「好建議，」我說。

第三部

1

她說，「跟我說說，分火頭如何運作？」

我說，「那是一片連接四條電線的電木，就在配電器蓋的內部。當車子發動之後，分火頭會轉動，將電力分別送入火星塞，引擎便能因此啟動。如果沒有分火頭，車子動不了，不可能發動。」

她說，「你知道如何自己做分火頭嗎？」

我說，「沒試過。」

她說，「你得試試看。」

村內只有三輛可以運作的車輛——沃拉納普肉品冷凍卡車、雷思用來補貨的廂型車，還有每天獵袋鼠時專用的小貨車。根據她的說法，所有車輛都被牢牢鎖在室內，而鑰匙則在肉類加工廠後面的兩間小棚屋中。只要車子沒有被使用，配電器蓋內的分火頭就會被取走。雷思把分火頭鎖在自己的保險箱內，以確保沒有其他人能把車子開走。

就算有人能在三更半夜把車子發動，也開不了多遠。因為晚上總有人在祕密地巡邏，負責的是雷思和羅波的兒子們。他們會輪流熬夜，就坐在酒吧屋頂的守望台，以確保沒有人會在「封鎮時間」後離開。他們喜歡工作——因為每次守夜，就能再賺到六罐啤酒。

「你在修理車子的那段時間，他們全都高度警戒，」克莉斯朵說，「就怕你試著逃跑。不過你沒有跑，他們也挺失望的。」

「我知道根本沒機會，」我說。「要開上坡地而不被發現根本不可能。」

「你是個聰明的傢伙，」她說。

就像我一樣，她也算過一輛車爬上顛簸坡地必須花費的時間。雷思的廂型車需要花費的時間最少，因為是四輪驅動，大約四十七分鐘就能抵達上頭的高原。冷凍卡車和獵袋鼠的小貨車比較大，必須費勁花上一小時才爬得上去；因為路上有許多足以讓輪軸彎曲變形的大小坑洞，車子根本不可能加速超過時速十五英里。獵袋鼠的小貨車已經開了二十年，是台破舊的爛貨，每年總會拋錨幾次——逼得湯姆和洛克必須徒步走回小鎮，把袋鼠屍體留在貨車後方的開放平台腐爛。

「現在，就算小貨車拋錨了，」克莉斯朵說，「男孩們也會先把分火頭拆掉後才回到鎮上。我很清楚。我看過他們在店裡把分火頭交還給雷思。老爹一直要到第二天清晨，才會爬上坡地修理那台小貨車，因為只要超過早上十點，帶著工具爬上山坡就太熱了。路上完全沒有遮蔭之處。」

「他不會在日落後出發嗎？」我問。

「晚上太暗了，沒辦法工作——就算帶了幾支強力手電筒也沒用。」

「我想我大概了解妳的意思了，」我說。

「你是個非常聰明的傢伙，」她說。

她的計畫非常縝密，真的很厲害。首先，我得自己做出一個分火頭，藏起來，然後等待獵袋鼠的小貨車再次於坡地上拋錨。一旦拋錨，我們就在夜晚出發——大約在酒吧十一點關門後一兩個小時，我們得各自從家中溜出來，走後巷，以免被守望台上的警衛發現，再徒步爬上坡地。

「應該只要花個三小時就能爬到頂端，」克莉斯朵說。

「最好還是估四小時。」

「你體力這麼差嗎？」

「真的很差。」

「好吧，慢郎中——我讓你多走一個小時。那表示我們大約會在四點十五分走到車子拋錨處，最晚大概是四點三十。如果要把車子發動，你覺得大概得花多少時間？」

「要看拋錨的原因。」

「之前的問題大概都不大，像是風扇皮帶斷裂，或者發電機短路。」

「那妳最好在出發前多留一個小時——更何況，我還得把分火頭裝上去。」

「那大概會拖到五點三十分。老爹靠著雷思的車已經快到半路了。也就是說，就算我們真的成功逃脫，也只比他提早出發十五分鐘。我們得更早出發才行。」

我一邊思考，一邊深吸了幾口萬寶路。

「要是老爹那天早上生病了呢，病到無法起床？」

「繼續說，」她說。

我們不能再多聊了，因為火燒垃圾山的活動已經結束，醉醺醺的人們開始往家裡的方向移動。於是又一次，克莉斯朵把萬寶路和菸灰缸內剩下的菸蒂倒入袋子裡，同時簡潔明瞭地交代我接下來該做的事：

「接下來幾天，還是表現出生病的樣子，不過最後還是得回到修車廠工作。工作時要表現出悲慘的樣子，大家才會認為你終於接受了自己的命運。再次開始修車，在此同時，注意一下老爹棚屋裡的那堆廢物中有沒有可用的零件。傑克死後，他拆了他的霍頓車，所以我想，配電盤蓋一定還在。要是能找到，我們就算是有個好開始了。」

「前提是，分火頭要能修好，」我說，「還得裝得進小貨車的配電盤蓋中。」

「應該可以，」她說。「那台小貨車的廠牌也是霍頓。」

「機會還是很渺茫。」

「是呀——但卻是我們唯一的機會。」

幾分鐘後，安姬又從門口摔進來。克莉斯朵正站在水槽邊，剛剛把幾個盤子收好，擦了擦手；而我則已經回到床上，再次變回現在最喜歡的胎兒蜷曲姿勢。

「所以，」安姬說，「你們今晚幹了很多次吧？」

她打了個嗝，一個漫長又不穩的嗝，然後身體僵直地躺上床。克莉斯朵在她耳邊喊了幾聲，沒有用，安姬醉翻了。我正要開口說話，克莉斯朵把手指放到嘴唇上，提醒我必須在接下來幾天裝聾作啞。然後，她快速地揮了揮手，溜入了門外的夜色。

我看著身旁隆起的那個人，她的鼾聲就像一隻正在冬眠的灰熊。我會找到那支分火頭，我一定要找到那支分火頭。

四天後，我回去工作——終於厭倦了幾乎一整天躺在床上的生活、雙眼放空、還得聽安姬一邊唱〈我喜歡在美國〉，一邊第八十八次播放「西城故事」的唱片。第一天早上回去時，我只對老爹點點頭，然後立刻走進修車棚，開始在一整堆殘骸中尋找修理廂型車的可用零件。大約過了二十分鐘，那隻猿人朝我逼近，站在門口看我在地上搜尋遺失的引擎零件。

「所以，白痴美國佬，不再裝瘋賣傻啦？」

我繼續仔細翻找，眼神停留在地面上。

我的沉默讓他不太開心，口氣也變得急躁。「希望那台車能變得跟全新的一樣，懂嗎？」

我抬頭，讓眼神看起來一片空茫。

「是，」我說，聲音正一如預期的像是鬼魂的低吟，然後繼續瘋狂尋找缺漏的零件。

「去他媽的神經病，」他小聲咕噥後離開了。

無論在家還是在修車廠，我都保持這種彷彿活在另一個宇宙的狀態，只用單音節文字回答老婆或老闆（我的回答只有「是」、「不」和「好」）。我從未直接盯著他們的臉，總是讓自己的眼神穿越他們——彷彿努力把視線投射在冥王星上。不過我又開始吃固體食物，開始抽菸，也開始用基特買啤酒（安姬很懊惱，因為她本來可以喝兩人份的啤酒）。不過就算在酒吧，我也不跟人交談，只是坐在凳子上盯著自己的啤酒，任由捲菸從唇間垂下。其他酒客會試圖和我聊天，但我只是害羞地微笑，然後繼續盯著玻璃杯底。

我非常專心地扮演這個角色——正如我所期望——大家開始對我的心智狀況產生罪惡感。我希望讓沃拉納普的好人們相信我已經「壞了」——心理上完全失能，根本沒有逃亡的危險。我還希望他們開始譴責老爹對我的作為。

我知道自己正逐漸成功。因為某天晚上，葛蕾蒂絲（率先）為了我而對老公發難。當時的我坐在酒吧裡，縮在習慣的凳子上，而我的岳父母走進酒吧，正打算來個兩杯。我沒有意識到他們來了，只是維持已經成為標準模式的空洞表情。

「再來杯啤酒，美國佬？」葛蕾蒂絲喊我，聲音中滿是母性關懷。

我對她露出一個最神經質的微笑，然後大吼，「老天！謝啦！不用！」然後匆匆跑去廁所，一路上還喃喃自語。

等我離開酒吧時，她已經對著老爹的耳朵狂吼了。

「爽了嗎，老大？」她說。「對你的傑作滿意嗎？」

「他變成神經病又不是我的錯。」

「最好是。美國佬會變成這樣，每個人都怪你。每個人。就連你親愛的小公主也是，你應該聽聽她今天來家裡時是怎麼說的。她幾乎是淚眼汪汪，說美國佬好不容易適應得比較好了，結果你竟然砸了他的車。她還聽說他修得很棒，但你因為自己技術太差，眼紅，才把他的車毀了。她還說她快抓狂啦，得和一個殭屍住在一起。一個被你搞出來的殭屍。」

我站在小便池前，卻仍能聽見他語氣中的畏縮，「她不是真的生我的氣，是吧？」

「你這個該死的呆瓜，」葛蕾蒂絲大吼。

因此，第二天早上，當他看見我在他珍貴的備用零件堆中東摸西摸時，並沒有阻止我（以前一定會），只是遲疑地開口問，「找什麼嗎？」

「零件，」我故意吼得很大聲。

「為了你的車？」

「對。我的車。可以嗎？」

「大概吧，」他甚至懶得隱藏自己的勉強。「別把這地方搞得一團糟就好。」

別把這地方搞得一團糟？老爹的備用零件就是個垃圾堆，無可救藥的一團糟——一兩噸的殘骸散布在半畝地上。如果想在這堆亂七八糟的垃圾中找到霍頓牌的配電盤蓋，幾乎是不可能的任務——更何況，我意識到他頂多只會容忍我在這堆殘骸中翻個三天。我只好決定，最好的方法就是先找到霍頓牌的引擎，並期待配電盤蓋還連接在上面。不過就連是否能找到引擎也很難說。因為這裡堆的垃圾實在太多。於是將近一個小時，我就在這堆垃圾中走來走去，努力想找到目標，可是運氣實在不好。最後只好心不甘情不願地一個一個拿起來看。

五個小時後，我已經找到三片車門、一組扭曲的方向盤軸、一個爛掉的水箱、一些石匠用磚塊、十幾根生鏽的鉚釘、八根長銅管、一個置物箱門、一個內裡挖空的座椅、一組車頭燈、一台舊的烤吐司機、三座二手發電機、各種尺寸的風扇皮帶，但就是沒有引擎。我的手臂和背部的肌肉都痠痛不已，太陽也快要把腦子燒爛了。我拿水管在頭上噴灑了一陣，然後決定去酒吧。

什麼都沒找到，但兩杯啤酒確實稍微澆熄了一無所獲的失望與怒氣。在我要了第三杯啤酒時，葛斯側身鑽了進來，爬上我身旁的凳子。

「我們這位頂級的修車工人過得如何啊？」他非常友善地問。

「是呀。嗯。嘿。」我現在已經裝傻得很熟練了。

「我們倆得談談，」葛斯說。「一點醫療上的小事。你現在可以到我家來一趟嗎？」

「先喝啤酒，」我一次把玻璃杯內的酒喝光，並且故意讓一些酒從下巴流下去。

「好喝好喝，」我大聲叫。葛斯看來不太自在。

「要出發了嗎？」他問。

「醫生時間？」我大吼。

「沒錯，」他說。「醫生時間。」

葛斯家只比我家大一點點。另外還有一間孩子房，裡面有七張床墊鋪在地上；一張吊床架在客廳，旁邊布置了褪色的老海報：珍妮絲．賈普林、吉米．漢崔克斯，和死之華合唱團。另外還有一張粗製濫造的長桌（他有名的外科手術就是在此執行），和一個被當作沃拉納普醫療中心的小空間。葛斯指示我到稱為「問診室」的小空間，要我坐上兩個懶骨頭的其中之一。然後他打開一台小冰箱的門，在一大堆疫苗小瓶和藥罐後方挖了半天，終於掏出兩罐啤酒。

「再喝一罐涼的吧，」他說。

「好喝好喝。」

「你知道嗎，大家都挺擔心你的，尼克小子，」他說。

「棒。」

「才不『棒』——因為大家都不希望看你這樣精神失常。你有好好睡覺嗎？」

「睡覺？」

「你都沒睡嗎？」

「不需要睡覺。」

「你需要多睡一點，可以讓你冷靜下來。缺乏睡眠可能是你出問題的重要原因之一。你覺得沮喪嗎？」

我聳聳肩，然後擺出一副快要哭出來的樣子。

「果然——我想我們有點進展了。現在我要給你一些非常好的藥，能夠幫助你在晚上睡好，白天也開心一點。這些快樂丸叫作『安定』，會讓你非常亢奮；然後在『睡覺時間』開始前，你得用啤酒吞兩顆『酣樂欣』下去，保證立刻滑入甜美夢鄉。只要遵從服藥指示，我保證你一週後就會恢復正常，甚至『正常過了頭』都有可能。」

我用自己獨特的遲疑姿態向葛斯道謝，收起藥丸，然後回家藏在我準備好的所在：廁所後方的一個小洞。

第二天早上去工作時，我在路上看見克莉斯朵。她說，「早安。」我揮手回應；兩人錯身而過時，我小聲說，「拿到藥了。」

她快速地笑了一下，表示自己聽見了，但仍然繼續往前走。自從火燒山之夜後，我們幾乎沒有跟彼此說過話，畢竟，要是我們倆固定見面，老爹和他的黨羽一定會起疑心。所以我們保持距離——但每天早上在路上交換資訊。可能是小聲交談，或者就是點點頭。

接下來兩天，當我早上經過她身邊時，我都一邊道「哈囉」一邊快速搖頭。我還是沒有找到配電盤蓋。

再隔天早上，當我正在四張破爛床墊和一疊烘焙用錫紙間翻找時，抬起頭，就看見湯姆和洛克正從坡地上走下來。在他們上方，獵袋鼠的小貨車就停在開闊的高原上。動也不動。拋錨了。

我開始變得狂亂，開始在無底洞般的垃圾堆中大肆翻找；在兩個男孩走進修車廠之前，我又急迫地再找了一次。根據他們在坡地上的位置，我想自己還有一個小時的時間——但沒有用。雖然我已經找到了霍頓牌的擋風玻璃、後座椅和一個輪子，讓我得以逃跑的關鍵零件卻還是避著我。等聽到腳步聲接近時，我的內心一沉。然後洛克隨即開始大叫，「嘿，老爹，小貨車又掛啦。」

隔天早上，我在路上看見了克莉斯朵，於是小聲地說：「抱歉。」她聳聳肩，往高聳的崖壁瞄了一眼；小貨車已經再次啟動了。半小時後，在我又挖出了三架鐵絲網時，老爹開著雷思的車回來了。

「那些蠢笨的垃圾，」他從車上下來。「知道問題是什麼嗎？引擎溢油，另外有幾個白金接點髒掉而已。這樣就把我叫上去了。」

「現在，好了？」

「需要稍微維修一下。等到把袋鼠卸下後，他們會立刻開過來。」

「要幫忙嗎？」

「那塊破銅爛鐵是我的寶貝。你趕快找到零件就好了。現在還沒找到嗎？」

「快了。」

「總之，明天就別再碰我的垃圾堆了。我要你回去自己的修車棚，繼續修你的車子，懂嗎？」

我把自己拖回垃圾堆旁，又拉出另外幾架鐵絲網，但還是沒看見天殺的引擎。此時，我往前走了一步，正打算伸手去拿一些銅製管線，卻聽見一陣特殊的碎裂聲，然後往下看見一個類似黑色馬克杯的物體就在腳下。

是配電盤蓋；但現在已經裂成兩半。

我想哭，想尖叫，想立刻犯下一級謀殺罪。不過當我把配電盤蓋撿起來時，底下的分火頭仍完好無缺。有點彎了，但可以修好。我看看四周，確保老爹沒有在觀察，然後把分火頭塞進短褲口袋中，重新把配電盤蓋埋回垃圾中，再走回一半身體埋在小貨車底下的老爹身邊。我仔細地看了看小貨車的引擎，幾乎狂喜地發現——小貨車的配電盤就跟我剛剛踩到的一模一樣。

「很慘嗎？」我問。

「需要新的火星塞、白金接點、濾清器、離合器拉線和新的風扇皮帶。不過等我修好之後，它接下來幾個月都不會出問題了。說不定還能撐上一整年。」

「太棒了，」我虛弱地說。

我走去酒吧，把自己喝到失去所有情緒，然後跌跌撞撞地回家。不過在昏厥之前，我還是記得把分火頭拿到廁所後方藏好。

第二天早上，我睡得很晚，不過還是想辦法在克莉斯朵離開學校時「與她偶遇」。

「找到了，」我在經過她身旁時小聲說。

她突然停下腳步。「開玩笑的吧？」

「沒有。」

「那麼……」

「應該沒問題，」我說。

克莉斯朵小心地露出一抹微笑。

「現在呢？」我說。

「等待。」

2

老爹或許是一位糟糕的修車工人，但小貨車在之後的四個月確實都沒有拋錨。

每天早上，當我離開家門，花十分鐘走向修車廠時，我的眼睛都會盯著沿坡地往上的那條路。每天早上，我都期待看見湯姆和洛克跌跌撞撞地從上面走下來，嘴裡咒罵著那台天殺的爛車，那麼，我就能暗自慶幸自己在沃拉納普的生活到了尾聲。然而，每天早上，小貨車都毫無問題地上上下下，我只能期待下一天的到來，然後再期待下一天，又下一天。

四個月。一年的三分之一。多麼具體的一段時間。怎麼度過的呢？我只能喝啤酒，然後看著老婆的肚子不停地膨脹。我把沃拉納普的三十五本藏書全部看完，包括一本名為《現代屠宰法》的指導手冊——瞧瞧我有多絕望。我逐漸「改善」自己的精神狀況，到了最後，我覺得至少該能夠與旁人正常對話，於是也看到葛斯在鎮上到處吹噓自己把我治好的「功績」。我用馬虎的態度修理我的廂型車，因為我很清楚，這車只要一完工就會被砸爛。我的酒愈喝愈多。我不停等待。

四個月。在美國時，我到處當寫手，蓄意揮霍時間，整整把兩年的光陰葬送在爛小鎮的爛工作上。當時的我根本不在意光陰如何流逝。我甚至享受虛度光陰的快感，因為那能讓我遠離所有驅動常人努力生活的執念：野心、家庭、情感承諾。我的許多同輩人都在談論如何「建立一個生活」，但我對建立任何事物都沒興趣。我工作，我盡量縮減開銷，我喝啤酒，我搞每一個勾搭上的女人，我任由時光流逝。

但現在——因為被困在一個更無意義的呆板生活中——我開始覺得時光是如此惱人的珍貴又無價。在此同時，我也開始明白自己為何會在老爹砸爛我的車子後崩潰：因為我終於花時間去建立了些什麼，但就在我眼前，成果卻被硬生生地摧毀了。

四個月。或許所有的勞動不過是在填補時間、消耗時間，但現在的我要是能擁有四個月，可以做的事不知道有多少呀。

「小貨車總有一天會拋錨，」克莉斯朵在大約等了七週後這麼說。那天是皮特的二十一歲生日派對，由於大家認為我仍然可能會對自己造成危害，所以安姬在出門用酒殘害自己的腦細胞前，還是找了克莉斯朵來當我的保母。她又用網袋裝來了一頓頂級晚宴：雞胸肉、萵苣、新鮮馬鈴薯、一瓶夏多內白酒和一瓶剩下五分之一的廉價法國白蘭地。但一開始，我們先談了正經事，重新思考了計畫中的所有細節，並且拿各種問題轟炸彼此。這是我們兩個月來首次能和對方好好說話——正如同所有藏有祕密又只能在有限時間內相聚之人——甚至，我們的談話中出現一波波若隱若現的電流。

不過到了最後，她還是拿出了蠟燭，關上燈，莫札特的唱片又開始在唱機上運轉。我們大口吞吃食物和好酒，當然也不放過那瓶糟糕的白蘭地，然後對彼此的笑話笑得過分張狂。最後，一包英國香菸（雷思沒辦法弄來萬寶路）從她的口袋出現。我點燃一根，火光照亮了她悲傷的大眼睛；我知道自己已經為她神魂顛倒了。

「妳還愛傑克嗎？」我突然問，酒精讓我顯得無禮。

「我從未愛過傑克。」

「沒有嗎？」

「我喜歡他，當然——但一直沒有再繼續發展。沒有時間。」

「也是，」我說，然後兩人之間出現了漫長的沉默，直到克莉斯朵握住我的雙手，靠上她的胸口，然後說，「謝謝你問了那個問題。」

又是一陣漫長的沉默，只是這次沒有人試圖打破沉默，沒有必要。

最後是狂歡者的聲音打破了這陣靜默。皮特的派對結束了，一群群如同合唱團高歌的酒鬼正在回家的路上。

「等等要洗碗，」克莉斯朵小聲說，然後我們在幾秒內就把桌子清理乾淨。在我把碗盤丟進水槽裡時，她用雙臂環抱住我，猛烈地吻我。

她沒過多久就離開了。我們又繼續那場保持距離的戲碼，只會在路上彼此點頭，然後不停等待獵袋鼠的小貨車拋錨——這樣我們才能爬上坡地，並且再也不需要保持距離。

九週又過去了。我已經等得焦躁不安。每天的日子實在太無聊了。逐漸地，我每天早上睡到八點，最多只在修車廠花兩小時工作，然後在酒吧裡毀掉白日的神智。由於總是在天亮後幾個小時才爬下床，所以某個週三，當我閒晃進修車廠，看見滿身塵土的湯姆與洛克氣呼呼地坐在板凳上，內心著實嚇了一大跳。

「你們在這裡幹嘛？」我問。

「去他媽的風扇皮帶，」洛克說。「正要開始把袋鼠裝上車時就掛了。大概留了二十隻死袋鼠在那裡。」

我必須努力才能克制自己的興奮情緒。終於，時候到了。

「我會在早上時幫你們把車修好，」老爹說。「死袋鼠又不會跑掉。」

「你知道那會是什麼樣的場景嗎？把在陽光下曬了一天的死袋鼠搬到小貨車上？」湯姆說。「去他媽的噁心死了。」

「我的心都為你們淌血了呢，」老爹故意說。「好了，現在去喝罐啤酒，別再鬼吼鬼叫了。」

我搖搖晃晃地走進自己的棚屋，關上門，撿起一塊福斯牌的破爛擋泥板，然後拿榔頭用力敲打，努力想讓自己冷靜下來。幾分鐘之後，門開了，老爹探頭進來。

「在幹嘛？」他問。

「在敲嵌板。」

「我要去酒吧，一起來嗎？」

「我想繼續工作，」我說。

「明天早點來，別再像今天九點才到。懂嗎？」

「我會設定鬧鐘。」

等到我確定他離開修車廠，立刻把凹陷的擋泥板放到一邊，然後開始處理福斯的引擎。我先是小心地取下風扇皮帶，再練習把它裝回去。整段過程費時十五分鐘。還不錯。再加上十分鐘的時間裝上分火頭，我們就能在抵達後的半小時內發動車子。

我小心地把風扇皮帶再次取下——就怕扯斷——然後把所有基本的工具打包成一個帶去工作的簡單小包。我想立刻衝去找克莉斯朵，讓她知道我們終於可以行動了，但又強迫自己坐下，抽了一口菸，先耗掉一點時間——以免老爹發現我在決定繼續工作後沒多久就跑了。

我瘋狂吸菸，努力想減緩自己狂飆的興奮血脈。三根捲菸抽完後，我稍微冷靜了一點，準備出發走去學校。

用走的，不要跑。表現自然點。把那浮躁的憂慮表情從你那張天殺的臉上抹去。他們什麼都不知道。只有克莉斯朵才會明白。

「早安，」我走進開放式的學習空間，她的學生正在收拾課本，準備結束一天的課程。

「日安，」她的微笑顯得僵硬又緊張。

「妳拿到《雙城記》了嗎？說好要借我的那本？」

她的眼睛張得老大，但仍然依照劇本演下去。「該死，我留在家裡了。明天好嗎？」

「當然，」我說。「就明天。」

藏有祕密訊息的對話結束了。我輕快轉身，盡快走回自己家裡——已經有人從肉類加工廠裡走出來，我知道安姬再過幾分鐘就會出現在身後。在我把整理好的簡易小包藏在廁所後方之後，我拿出了那兩瓶「安定」和「酣樂欣」。兩個瓶子中各有十顆藥丸。我取出，磨碎，一半倒回原本的瓶子中，另一半倒進我從酒吧偷來的鹽罐，然後又再全部藏回廁所後方的小洞裡。

幾秒鐘後，安姬回來了。我們閒聊了一下。

「工作順利嗎？親愛的。」我問。

「袋鼠不夠，因為小貨車拋錨了。其中一隻由我負責開膛剖腹的傢伙（她一直都把袋鼠稱為「傢伙」），那腸子是我有史以來看過最粗的！」

閒聊結束。我們小睡了一會。然後在她堅持之下，我們快速地來了一場。她坐在我身上，而隨著每次的晃動，我們即將出生的孩子便壓迫住我的腸胃。這就是我對沃拉納普的最後贈禮：擁有一半美國血統的孩子，因為我的一時愚蠢而出生。那會是一個我永遠不會再見到的孩子；但在往後的人生中，我一定也會不停地想起這個孩子。

「我今天晚上會下廚，」結束後，我說。

「你要替我做什麼？」

「袋鼠肉漢堡。」

「太棒了。一定要讓我的漢堡肉全熟，然後加很多鹽。」

「沒問題。」

她的漢堡被加了大量調味料——包含大量的「安定」與「酣樂欣」粉末。我在去廁所時就拿了那個小瓶，趁安姬洗澡時，大量撒在她的漢堡肉上。為了確保她睡得夠熟，我還加了兩撮藥粉在她的啤酒裡，然後在她洗完澡後親自遞上。

這些「調味」並沒有留下令人噁心的餘味。安姬一口就把啤酒喝光，甚至還稱讚漢堡很好吃。我想辦法把晚餐時間拖到九點（在沃拉納普，這算是很晚了），同時確保她把眼前的每罐啤酒都喝光。到了十點，她的頭已經垂到桌上，發出巨大的鼾聲。賓果！我把她丟到床上，蓋好被子，快速去了廁所一趟，然後出發前往酒吧。

「熬夜熬得有點晚呀，美國佬？」老爹在我推門走進酒吧時說道。

「睡不著，」我說。

「做噩夢？」老爹逗我。

「做個不停。」

那天晚上的人不多——只有老爹、湯姆、洛克和皮特——他凹凸不平的麻臉和黏黏的頭髮仍然沾了許多動物的血漬（的確像是那種會在雞舍裡上自己表姊的變態鄉巴佬）。皮特之所以此時在酒吧出現，只代表了一件事——他負責守夜。這也代表我欠他一杯啤酒。

「我請客，」我對這四個人宣布。「誰渴了？」

他們全部轉向雷思，要他把新一輪的啤酒算到我帳上，此時我把裝滿藥粉的鹽罐從口袋拿出來，偷偷放到桌上，就在另一個幾乎一樣的鹽罐旁邊。

「幹得好呀，美國佬，」洛克說。

「是呀，多謝啦，」皮特說。

雷思把我的啤酒倒滿後，我抓起鹽罐開始撒。

「你在幹啥？」皮特問。

「老式的美國手法。讓啤酒的入口味道更好。試試看嗎？」

我把另一個裝滿鎮靜劑的鹽罐沿著吧檯推了過去。幸好，皮特不只上鉤了，藥粉也確實讓泡沫更生猛（不過我也確實要他多撒一點）。湯米和洛克也試了，但當鹽罐終於傳到老爹手上時，他說，「我才不在啤酒裡放什麼去他媽的鹽。」

糟糕。糟糕。

「反正沒有損失，是吧，各位？」我說。

他們同意地附和。

「只是讓泡沫更豐富而已。」

「我喜歡平淡的泡沫，」老爹喝光了杯中的啤酒。「才不需要一個美國佬來教我如何喝啤酒。」

我在半小時後回到家裡，心想完了，真的完了。但現在沒有時間為剛才的失敗難過。至少皮特已經喝了滿是鎮靜劑的啤酒，現在應該已經在酒吧屋頂上睡著了。

我瞄了一下手錶，時候到了，於是到廁所後方清空那個臨時保險箱，快速地檢查了簡易小包內的庫存——分火頭、風扇皮帶、工具、護照——另外還加上手電筒和剛剛堆在椅子上的換洗衣物。我還抓了一本在達爾文買的書，那本書一直放在我的車子內的架子上，後來又被安姬帶進家裡來。幸好，安姬對犯罪小說沒有興趣，不然她會在企鵝版本的雷蒙．錢德勒的《找麻煩是我的職業》中，發現我的信用卡、美國運通旅行支票的退款證明，還有我回家的機票。

我拿著小包走向床邊，拍拍雙手，在安姬耳邊大吼她的名字。沒反應。根據我為她下的劑量，她到明天早上還不會醒來。然後……

不知道她對我的離開會有什麼反應？憤怒？憎恨？更何況，在知道克莉斯朵和我一起逃跑之後，她又會怎麼想？或許有點悲傷？倒不是因為失去了我，而是失去了家裡面的那個傻子，那個佔據床鋪的人體——那個無論好壞都一直存在的伴侶，不但聆聽妳絮絮叨叨白天發生的事，並能讓妳幻想自己是個特別的人。

我有點想和她吻別，但同時又想拿椅子砸爛她的頭。到了最後，我只是對這一切瘋狂的想法搖了搖頭。當時是你在加油站停了下來，根本沒有必要停下來，結果認識了一個人，生命就完全轉了個彎。命運並不殘酷，只是很愚蠢。

我退後，最後看了一眼，把這個垃圾坑的光景牢記在腦中，然後打開門。

我現在終於正式開始逃亡。

3

幾個月來第一次，夜空中滿是烏雲。沒有月亮，沒有星星，沒有引導我走出小鎮的自然光線，再加上手電筒晃動的光束可能會引起注意，所以我得在黑暗中摸索。

一離開房子之後，我就越過主要道路，躲進一間施工到一半的棚屋。我在那裡靜止不動地站了一陣子，確定自己沒在附近聽見任何腳步聲之後，再小心移動到環繞沃拉納普的野地上。我徒步走了大約四分之一英里，直到鎮上仍亮著的兩三道光線夠遠了，才確定他們再也聽不見我的動靜。然後我再次加速往西走，踏過滿是砂礫的平原，同時努力把注意力放在自己的腳步上。光是想到自己可能會扭到腳踝——並在太陽升起後被發現，包包裡還有一個分火頭——我只好更努力地把注意力集中在腳步上。更何況，夜晚的黑暗是如此絕對、如此密不透風，我幾乎覺得自己正踩在一片毫無止境的原野上。一片朦朧的永恆。

半小時後，沃拉納普的小鎮光景已經完全拋在身後了，所以我往右轉；從這裡開始再走五分鐘，就會抵達爬上坡地之路的出發點。然而我又胡亂打轉了半小時，在一片朦朧中迷了路，腎上腺素不停地在體內噴發。我瞄了手錶上的螢光指針，兩點十五，已經比預定計畫落後了四十五分鐘。該死、該死、該死。就在我打算冒險使用手電筒的當口，一隻手不知從哪裡伸了出來，抓住我的臉，另外一隻手則抓住我的腰後把我按倒在地。我的心臟幾乎停止——我想要尖叫，但那隻手更用力地摀住了我的嘴巴。

「你遲到了，」克莉斯朵在我耳邊悄聲說，然後開始吻我。

那是一個漫長而狂亂的吻——九個禮拜無法碰觸彼此的壓抑全部在夜晚的空氣中爆發。不過就在可能往下一步發展時，她打住了。

「我們得出發了，」她說，低喃的語氣有點緊張。「你剛剛去哪了？」

「迷路了。」

「我還以為你搞砸了。」

「可能。老爹不願意在啤酒中加鹽。」

「噢，老天……」她抓過我的手腕，瞄了手錶一眼。「他再過兩個半小時就會醒來了。」

「還想要試試看嗎？」

「不打算再等四個月了，」她說。「你確定行嗎？」

「我沒有選擇，」我說。然後我們一起出發。

人在受到恐怖威脅時能被激發出的潛力真的不可小覷。雖然肺臟中滿是尼古丁，平常只要從事有氧運動就等於面對一場災難，但在此刻，在全然的黑暗中，我竟然也發揮了以倍速爬上一千一百英尺山路的精力。更何況，這條路就像一條漫長而殘酷的障礙賽道——仰角四十度，路上滿是坑洞。我跌倒了兩次。第二次跌倒時，右小腿骨擦撞上一塊岩石的尖角。沒有流血，但我幾乎要把嘴唇咬成兩半才能阻止自己大叫出聲。即便是身體健康又遠離香菸的克莉斯朵，在爬起這段山路仍非常辛苦。我們必須不停地休息，才有辦法往上爬，很快就把水壺中稀少的水喝光了。

時間快速流逝。四點時，我們只爬到一半，五點，老爹的起床時間，小貨車看起來還很遠。二十分鐘後，我們終於抵達目的地，朦朧的天空已經泛出曙光。

此地散發著死亡的氣味——是動物刺鼻的腐屍味。小貨車離我們只有五十英尺了，但我們還得越過一整片覆蓋住原野的死袋鼠。那裡被留下的不只是前一天獵到的袋鼠，至少有兩百隻之前沒運下去的袋鼠也被留在那裡腐爛。其中有一些甚至化成了白骨；另外一些還剩下少量腐肉，但也被禿鷹吃掉大半。隨著第一道晨光湧現，禿鷹也開始聚集在我們頭上。牠們密集聚在我們的頭頂——只要我們還站在牠們的食物當中，牠們就不打算衝下來覓食——牠們只是用盡全力想把我們嚇走，於是一直用怪叫聲威脅我們。牠們一圈圈不停地逼近，還用粉白色的鳥糞炸彈進行攻擊，直接命中我們的肩膀和頭頂。

我們好想趕快離開這場噩夢，但走向小貨車的道路卻非常嚇人，每一步都得踩在腐爛的各種屍塊上（我現在知道湯姆和羅波為何都穿著及膝的膠靴來工作了）。到了最後，我們再也忍受不了，無法繼續在屍體中小心翼翼地前行，只好直接開跑，就算在過程中滑倒或踩碎些什麼也不管了。終於，我們到了小貨車旁，立刻跳了上去。克莉斯朵馬上開始瘋狂顫抖；我則必須不停克制乾嘔的欲望。就連到了車內，臭氣也無法被隔絕在外——側邊的車窗和後擋風玻璃都沒了，幾隻昨天獵到的袋鼠還堆在後頭。

「老天，不，」克莉斯朵看見許多死掉的袋鼠躺在車子前方的路上。

然後我們聽見了兩聲槍響——兩聲明確的來福警報槍響射向天空。我們爬出車廂，往下盯著沃拉納普，看見一群人從下方往上盯著我們。一個粗壯的傢伙又開了一槍，然後和另一個男人爬進車子裡（當然也帶著一支來福槍），兩人駕車開上通往坡地的道路。老爹上路了，而來福槍響就是要通知我們：你們要面對的麻煩可大了。

我們在瞬間感到一陣盲目的驚慌，然後立刻開始處理正事。我打開引擎蓋，開始處理風扇皮帶，克莉斯朵則努力把小貨車後方的六隻死袋鼠拖下來，好減輕逃亡路程中的重量。那實在是項艱難的差事。在努力修理的過程中，我曾有那麼一瞬間抬起頭，看見她正抓著一隻巨大死袋鼠的耳朵往旁邊拖。突然之間，她瘋狂尖叫，聲音中滿是純粹的恐懼。等到我跑過去時，看到她渾身是血，手上抓著已經被撕下來的耳朵。

我們用水壺中剩下的水把她的手臂弄濕，然後用在置物箱裡發現的髒抹布擦乾。我希望她回到車廂內躲好，等我把車子修好，但她卻讓我吃驚不已——她立刻回去繼續把死袋鼠拖開，只是這次換抓牠們的腳。不到五分鐘，小貨車的後方平台就被清空了。

修理風扇皮帶的過程卻不太順利。我從福斯牌引擎上找來的風扇皮帶比霍頓牌的皮帶寬了一點點，所以無法順利滑進兩個輪圈的溝槽中固定。我一直努力把皮帶塞進彎曲的溝槽中，但每次只要我把皮帶固定於上方的輪圈，再想把皮帶延伸到下方的輪圈時，上方的皮帶就會立刻彈起來。在失敗了五次之後，輪到我開始尖叫了——此時克莉斯朵跑來，替我按住下方輪圈的皮帶。我們又奮力嘗試了兩次，才把皮帶塞入兩組凹槽中——不過我暗自擔心，在開動的過程中，震動的引擎可能終究會害皮帶再次彈開。不過或許——只是或許——它可以撐到卡爾古利。

分火頭倒是沒有什麼問題，一下就裝進了配電盤蓋內。當我用手指去旋轉時，它可以順利轉動——但也無法保證一定能夠發動引擎。我把配電盤蓋裝回原位，跑回車廂，拉出方向盤底下的一大把電線。不出幾分鐘，我就找到了那兩條目標電線，用小刀剪開並拉下斷口處的塑膠套殼。

真相揭曉的時刻到了。我坐上駕駛座，打到空檔，踩了兩下油門，用力深吸了一口氣，然後把暴露在外的兩條電線接在一起。沒有動靜。

我找到阻風門，又往外拉了一格，再踩一下油門。然後深吸了一口氣，把兩條電線接在一起。沒有動靜。

克莉斯朵站在敞開的引擎蓋旁，搖了搖頭。引擎一點動靜也沒有。

死定了。死定了。

我命令自己冷靜，然後把阻風門拉到全開，但腳沒有踩在油門上。這次，我讓兩條電線彼此摩擦，像點火柴一樣。然後……

一陣悶響。短暫而低沉。然而只是一陣悶響。

現在我把阻風門又推了一半回去，握著兩條電線，連續且用力地彼此摩擦兩次。

一陣比較長的悶響。

我用腳稍微踩下油門。摩擦電線。

噗噗噗噗噗噗噗噗噗噗……

我用力踩下油門，努力想要維持點燃的火花。有那麼一瞬間，引擎似乎又要熄掉了，但我把阻風門調低，將油門踩到底，然後聽見引擎不再猶豫，終於點了起來。

克莉斯朵把引擎蓋用力關上，走向高地邊緣觀察底下的狀況。

「他們在路上了，」她大吼，然後跑回來，跳進我旁邊的座位。「走。」

我用力打到一檔，放開離合器，等待全能的引擎動力把我們帶上路。然而前輪卻在此刻發出了有問題的摩擦聲。有什麼東西害我們卡住了，擋住了眼前的路。引擎還在運轉，但我們立刻跳下車，發現幾隻浮腫的袋鼠屍體擋住了前輪。雖然沒有鐵鍬和鏟子，但也沒時間感覺噁心了，只能立刻徒手把牠們挖出來。然後我們回到車廂，放下離合器，打到一檔，踩油門，一陣沉默的禱詞……

這塊該死的廢鐵終於動了。還打了一個大大的嗝。我們開始緩慢前進，凹凸不平的高原地面讓小貨車不停地顛簸搖晃。如果想越過這片平地並開上往西的道路，車子至少得撐過顛簸的十分鐘。然而，就在我因為看見那條單線道而鬆了口氣的同時，我突然發現車子無法加速超過每小時二十英里。再加上這段路沒有鋪設水泥，根本等同一場布滿大小坑洞的恐怖秀——如果是四輪驅動的車，這種路面還算可以應付；如果只有一台破銅爛鐵，那幾乎是不可能的任務。我們每隔幾碼就會摔進一個洞內，不然也是一個小坑。

「路面還有多久才會改善？」我問克莉斯朵。

「不會改善。」

「老天。主要幹道還有多遠？」

「大約四百公里。」

「用這種速度的話還要開十二小時。」我可以聽見自己語氣中的驚慌。

「我知道，」克莉斯朵冷靜地說。

「而他們只……什麼……晚我們三、四十分鐘出發？」

「繼續開就是了。」

「我們完了。」

「十四個小時後，我們就在卡爾古利了。」

「還要十四個小時……」

「到了之後，請你喝杯啤酒。」

「妳得請我喝兩杯，」我說。「還得讓我洗澡。現在我願意用性命換一場有肥皂的熱水澡。」

「說不定還能換來一間旅館房間。」

「沒問題……我會處理機票問題。」

「去哪裡？」

「波士頓。」

沉默。

「你是認真的嗎？」

「是呀。認真的。」

「我不確定……」

「妳想去。」

「但是……」

「不接受拒絕。」

「但是……」

「也不接受『但是』。」

她始終沒有轉過身來看我，只是一直凝望著眼前的道路。接下來沉默了將近一個小時，然後終於說了：「好，就去波士頓。」

「很好，」我說。

「你最好保證我會喜歡那裡。」

「如果妳不喜歡，我們就上車，再開去其他地方。道路總會帶我們通往各種可能性。」

我們又陷入了一個坑洞。

「看來不包括這條道路。」克莉斯朵說。

一個小時後，太陽升起，無情的熱氣開始襲擊我們，把車廂變成了三溫暖。我們的喉嚨極度乾渴，迫切地需要水的滋潤。

「我確定在距離此地一兩小時的地方有條小河，」克莉斯朵說。

「希望妳是對的……要是沒有，我們就死定了。」

她算是對的——只是我們花了超過三小時才抵達。於是整整三個小時，我們都位於乾燥的卡其色高原上，一丁點遮蔭處都沒有。整整三個小時，車速如此緩慢，我一度確信我們不可能抵達任何地方。老爹一定已經在後方不遠處了。

但是克莉斯朵大叫了，「在那裡！」而一條清淺的水流確實在我們眼前橫越路面。雖然水流只有一個腳掌深，我們還是立刻停車，跳了進去，彷彿那是一座清涼的深水湖。水嘗起來有金屬的味道。我們只能停留幾分鐘，所以像瘋子一樣狂喝後，裝滿克莉斯朵的水壺，然後洗掉身上所有的血與沙土。我幾乎覺得自己變乾淨了。

「下一條小河有多遠？」我問。

「大概要再三小時吧。」

我們在那裡站了一會兒，努力想辨認出另一台車接近的聲響。

沒有聲音。

「我們或許能成功，」我說。

有那麼一會兒，道路變得比較平順。我可以將小貨車稍微加速到每小時三十五英里。然後路況又變差，車子開起來又搖又晃，我們很怕只要一個坑洞就會害得風扇皮帶斷掉。

一路上，我們都沒說什麼話，全把注意力都放在路況上（克莉斯朵的頭離擋風玻璃很近，一旦看到前面有障礙，就大聲警告），再加上後方有人拿著來福槍追殺我們，實在讓人沒有閒聊的心情。每隔十英里路，我們就會停下來，克莉斯朵會朝向小貨車後方跑個幾碼，再次聆聽是否有車輛尾隨的聲音。

但她只能聽見灌木叢中的靜默。

三小時後，午間的陽光變得非常熾烈，克莉斯朵的水壺又空了；眼前仍沒有小溪的蹤影，而我則開始想像渴死是什麼感覺。在此之前，我從未遇見比此地更殘酷的地貌。那是一整片連綿平坦的沙地。沒有山丘、沒有小圓丘、沒有樹、沒有遮蔭，甚至沒有一點矮小的刺草叢。此地沒有生命。這片巨大的荒原足以殺死所有誤入的生命有機體。一片平坦的乾燥世界。血紅。灼熱。是一整片澳洲大陸的死亡之心。

一個小時接著一個小時過去了。**那條該死的小河去哪兒了？**我偷瞄了克莉斯朵一眼。她因為一直貼在擋風玻璃前而被曬得委頓無力。不過至少剛剛有段路還算平坦，所以她終於有一陣子不用仔細勘察前方。我也累壞了，覺得全身快被烤乾，甚至快要出現幻覺。我們得盡快找水來喝。

五分鐘之後，我直接從那條「小河」上開過去。

那其實算不上一條小河，甚至連小溪都不是；頂多就是一條微不足道的小水流——深度只夠裝滿水壺。我們坐進水裡，用雙手捧起水來狂飲。

「妳得在卡爾古利請我喝三杯啤酒，」我喝完水後說道。

我用手臂環繞住她，她則靠上我的肩膀。巨大的疲憊感猛力襲來，所以我們有好幾分鐘都沒有動靜。我們沒有看見車子接近，也沒有抬頭。直到老爹朝空中射了一槍，通知我們已經被包圍了。

他們的車只離我們的車幾百碼，而且正快速接近。雷思負責開車，老爹的來福槍從側邊的窗口伸出來，朝我們頭頂上方又開了兩槍。我們立刻跑向小貨車，然而，正當試圖爬進車廂時，第三發子彈射到車廂的頂蓋。我們立刻趴下掩護自己，用散熱罩作為盾牌。

「操他媽的給我出來，」老爹大吼。我往外偷看，那台車正全力朝向我們衝來；雷思顯然已經加速到了極限。我看了克莉斯朵一眼，她看起來非常害怕。

「我們該怎麼做？」我用氣音問她。

「我們能怎麼做？」她說。「他們已經追上來了。」

正當我們打算高舉雙手投降時，卻傳來了一陣轟然巨響。他們全力加速的車子開上了一個大坑後往左邊翻倒，老爹瞬間摔到雷思身上。他們一起尖叫，非常大聲。

我們立刻衝進車廂裡。引擎還在運轉，於是只不過催了一下油門，小貨車又再度上路了。我把油門踩到底，但還是無法超過每小時二十英里。克莉斯朵轉身往後看，不停現場轉播老爹和雷思的狀況：他們終於從車裡爬出來，現在正試圖把車體扶正。

「他們看起來沒受傷……車子推不起來……還不想放棄……老爹對雷思大吼了些什麼……現在他抓著他的肩膀搖晃、罵他、踢保險桿……他們又試了一次……老爹用背部頂著門，雷思用雙手由下往上推……沒，車子還是沒動……他們困住了……這兩個該死的雜種困住了……」

我開始瘋狂大笑，簡直不敢相信我們的好運氣。我透過照後鏡往回看，看見老爹在徒步追趕我們，手上擎著來福槍，最後還是停住腳步，往空中無用地發射了一槍；他在沙漠的陽光下大口喘氣，嘴巴吼出一些不連貫的字句，怒氣足以橫掃整片空曠的沙地。不過接著，小貨車開下一段下坡路，他的身影消失了。就這樣被我們留在身後的高地。

我們進入一個非常深的山谷。由於不停往荒涼的谷底開，小貨車的速度也隨之增加。原本赤紅色的沙子變成了棕色的砂礫，乾裂的地表上滿是蜿蜒的裂痕，到處都是動物的骨頭，除此之外什麼都沒有。

「下一個有水的地方在主要幹道上，」克莉斯朵終於開口。「在那之前，我們不會有水喝……」她的聲音逐漸變小，然後轉頭往後看。「你覺得他們有辦法重新把車子發動起來嗎？」她問。

「我不知道。」

「要是沒有，他們就死定了。」

她之後有很長一段時間都沒開口，只是望向窗外，表情無止境地哀傷。「我們得回去。」

「不可能，」我說。

「他們會死。」

「他們會殺了我們。」

「那是我的父親、我的叔叔……」

「他們對我們開槍。」

「要是我們回去，他們就不會這麼做。他們會很感激。」

「對妳感激，對我可不會。他們會殺了我，就像傑克一樣，記得嗎？」

克莉斯朵的頭突然往旁邊一偏，彷彿被我打了一巴掌。

「我很抱歉，」我說。

她用手摀住嘴巴，開始啜泣。我只好停下小貨車，用雙手環抱住她。她把臉埋在我的肩膀上哭。我輕撫她的髮絲，不停說自己有多抱歉、多蠢、多笨。我覺得自己是全世界最惡劣的廢人。

但是，我才稍微把頭轉開，就從照後鏡中看到那台車朝向我們全速衝來。我立刻放開克莉斯朵，用力踩下油門，希望能趕緊出發。然而雷思的速度實在太快了。他越過我們，把車子橫停在我們之前。一等他踩下煞車，老爹就從車子中跳了出來。

「出來，現在，」他命令。

我把小貨車停下來，看著克莉斯朵；她點點頭，於是我們下車，一起站在車頭之前。當她牽住我的手時，老爹的眼睛因為怒氣而瞪大。

「你這個爛貨美國佬，」他說。「以為我們已經被留在那裡等死了，是吧？」

「老爹……」克莉斯朵開口。

「妳給我閉嘴，」他說，按下來福槍的擊錘。「竟然在我的小公主背後亂搞……」

「我們沒有亂搞……」我試圖為自己求情。

他又把槍舉起來。克莉斯朵有點崩潰了。「老爹，不要！」她大吼。

他無視於她，只是把槍管指向我。這不可能是真的，這不可能……

「好啦，好啦。」我聽起來也崩潰了。「我會跟你們回去，不再試圖逃跑，不管你要我做什麼，我都——」

「你哪裡都不用去了，白痴。」他用槍管瞄準我的心臟。

「等一下，老爹，」雷思說。

他的手指扣上扳機。

「我們把他帶回沃拉納普，」雷思說，「狠狠打一頓。但小子，你千萬不能、不能再搞一次了。」

「操他媽的有什麼不行。」

我瘋狂地到處尋找，但沒有可以逃跑的地方。他開始微笑。那個渾球在對我微笑呀，手指還逐漸扣緊扳機。我聽見自己開始狂叫……「不——不——不——」可是我還來不及跳開，槍聲就響起了。

一陣巨響，然後又陷入死寂。我臉朝下趴在沙地上，周遭是一陣令人暈眩的詭異靜默。然後一聲嚎叫打破了沉悶。一種動物的哀鳴，令人打從心底悲傷，令人難以被平撫。那是老爹的嚎叫。

然後我抬頭，看見了克莉斯朵。

她跌跌撞撞地朝我走來，T恤浸滿血跡，臉上掛著不可置信的表情。

「噢，該死，」她悄聲說。「噢，該死。」

我還來不及抓住她，她就已經倒下來了，一動也不動地躺在地上。老爹手上的槍掉到地上，整個人衝了過來；他用雙臂把她從地上用力鏟起來，然後像安撫嬰兒般來回搖晃，一邊無法控制地不停啜泣。雷思此時已經站在他身邊，單手握住克莉斯朵的左手腕，想要確認脈搏。一陣子之後，他放手，雙膝跪地，把臉埋在雙手中。

我完全驚呆了，身體像著魔般自主移動，腦中也一團鬧烘烘。我慢慢走向老爹丟在地上的槍，但雙腿一點感覺也沒有。我再次推直擊錘，把槍管指向我的岳父，然後大吼他的名字。

「米拉！」

他丟下懷中的克莉斯朵後向我撲過來——鼻孔像公牛般怒張，雙眼狂暴。我開了兩槍，正中他的臉，老爹往後倒下。雷思大聲狂叫，然後努力掙扎起身。我又把來福槍指向他。

「不准動！」我說。

「拜託，夥伴……」他的聲音變得愈來愈虛弱。

我再次把擊錘往後拉。雷思開始哭，求我別殺他；他的身體不停地抖動，顯然非常恐懼。我用來福槍管砸他的臉，他立刻跌倒在地。

「起來，」我可以感覺握著槍的手正在抖動。

他把雙手舉到頭上，哭聲變得歇斯底里。我踢他，先是踢肚子，然後是牙齒。理智已經消失了，我真的想殺掉他。

「我說，你他媽的給我起來。」我已經是在尖叫了。

他終於想辦法站了起來，鼻子和嘴巴都紅腫流血。我要他把雙手放在頭後方，朝車子的方向走，然後面對車子站著。我踢開他的雙腳，搜索他的全身。兩百塊現金。車鑰匙。我全都收了起來。

「轉身，」我說。

一旦轉向我之後，他立刻雙膝跪下，又開始啜泣，求我一定要饒了他一命。我努力思考接下來該怎麼做。

終於，我說，「把克莉斯朵搬到我的小貨車上。」

雖然還在顫抖，但他仍然猶豫了一下。我大吼，「現在就去！」他才跌跌撞撞地走向她的屍體，雙手分別放在她的肩膀和雙腳底下，輕輕地把她抬起來。我必須在他搬運的過程中閉上眼睛。我不想看見她的臉。

「把老爹搬到她身邊。」

這可是得費上一番工夫，但雷思的體格勉強還能把老爹抬上車。

「現在，進車廂，坐到駕駛座上。」

他照做了。我滑進他身邊的座位，用來福槍頂住他的頭。引擎還在不停地發出嗡嗡的聲響。「回頭，」我說。

他立刻倒車，打到一檔，沿著他剛剛開來的廂型車繞了將近一圈，把車頭朝向沃拉納普。

「你車上還有多少汽油？」我問。

「半缸……後座還載了一個簡易油桶，裡面是滿的。」

「主要幹道還有多遠？」

「兩小時，絕不超過。」

「你會跟蹤我嗎？」

「絕不會。我保證。」

「要是你跟蹤我，我會殺了你。懂嗎？」

他點頭，連點了好幾次。

「我實在應該連你也殺了！」

他又開始啜泣。

「打到安全檔，」我說。「雙手維持在方向盤上，我叫你走，你才可以走。」

我從車廂內的地板上抓了自己的簡易小包，慢慢爬出車廂；一邊倒退一邊遠離小貨車時，我手上的來福槍一直指著他。「現在給我回家，」我說。

他口齒不清地說，「我……很抱歉。我……」

「操你們全部！」我說。「現在給我滾！」

他把車開走了。我站在路中央，手還扣在扳機上，直到小貨車消失在遠方的地平線上。然後我爬上廂型車，連續好幾分鐘緊緊抓著方向盤，關節幾乎要從皮膚穿刺而出。一陣惶恐的情緒朝我襲擊，我完全被自己剛剛的所見所為擊垮了。終於，車廂內的熱氣逼得我從惶恐中清醒過來。我轉動鑰匙，發動車子，開過那兩攤正在消失的血水。十分鐘前，那裡還沒有血；現在太陽則已經快要把血水烤乾了，一切看起來和紅色的沙子沒兩樣。

兩小時後，我確實抵達了主要幹道。那條單線柏油路上完全沒有車流。在開上去之前，我拿著簡易小包下了車，脫下身上所有衣物，用路旁的一點水流沖洗身體並換上備用衣物。接著用油桶的蓋子裝滿汽油後澆在染血的衣物上，再用火柴點燃。衣物正燃燒時，我朝沙漠的方向走了幾碼，把來福槍埋了起來。現在就算有警察把我攔下來，我也不再像一個從謀殺現場逃亡的罪犯（身上還帶著所有足以將我定罪的證據），只是個來自美國並在這片荒野中迷路的蠢觀光客。

不過也沒有警察把我攔下來。直到卡爾古利之前，我連一輛車都沒遇見。一路上，因為手抖得太厲害，我必須數次停車，甚至一度以為車子就要失控了。當我在夜空中看到屬於城市的微弱光芒時，時間大約是晚上八點，但我繞了過去，直奔機場。到了機場的停車場，我用一條舊抹布把方向盤、儀表板、門把和所有可能碰觸過的部分擦了一遍，然後走入航空站，在當晚前往伯斯的最後一班飛機上買了個座位。

「單程票是一百三十九元，」櫃檯小姐說，「不過來回票只要一百七十九元。」

「不用了，謝謝，」我說。「我不會回來了。」

我付了現金。在把錢遞出去時，我知道她正小心地觀察我的臉。有那麼明顯嗎？她在懷疑我嗎？事情這麼快就傳開了嗎？全境通緝：一名美國人，殺人嫌犯，根據線報指出，正在卡爾古利一帶出沒。等到把票遞給我之後，她大概就會躲到後面的辦公室報警了吧？這賤貨一定會出賣我。畢竟只要舉報了我，她的照片就能登上當地報紙，並藉此博得十分鐘的名聲。我則會在某間澳洲監獄服刑二十年。我可以砸爛妳的臉，去他媽的賤貨。我可以……

「二十分鐘後到六號門登機，祝您旅途愉快。」

我隨便說了聲謝謝，抓了機票，立刻衝進廁所，躲進一個隔間中。等到停止顫抖之後，我把一個水槽裝滿水，把頭浸進去，直到快沒氣了，才起身大口喘息。

天殺的冷靜下來。不可能有人知道發生了什麼事。屍體正在回到沃拉納普的路上。沒有人會開車往那裡去，因為那是一個不會出現在地圖上的小鎮。此外，沃拉納普中也不會有人舉發我，因為一旦舉發我，沃拉納普便保不住了。你已經沒事了。你已經自由了。你現在正在離開的路上。

那架班機很空。我坐在這架有五十個座位的渦輪機後方。航程七十分鐘，我先喝了四杯蘇格蘭威士忌，之後又喝了四罐啤酒。到了伯斯機場後，我看見航空站外排了一整列的計程車，但只有我一個乘客。

「鎮上最棒的旅館是哪一間？」我問排在最前頭的計程車司機。

「希爾頓吧，我猜。」

「走吧。」

才開到一半，一首披頭四的老歌從收音機中傳來。當保羅・麥卡尼（Paul McCartney）唱到「她離開家」時，我突然從剛才幾小時死命硬撐的搏擊中敗下陣來。

「你還好嗎？夥伴？」司機問，但我哭得太慘，根本無法回答。「冷靜點，夥伴，」司機說。「又不是世界末日，對吧？」

「閉嘴，」我小聲說。

到了希爾頓時，我終於想辦法鎮定下來。這座旅館位於威廉街上，就在鬧區中央。不過所有的街道空無一人。伯斯的夜晚很冷。旅館櫃檯後方忙碌的小職員可不欣賞我的模樣。

「所有的標準房都已經訂滿了，」他的語氣非常不屑。

「一間房都沒有了嗎？」

「只有一間套房，一晚要價三百二十五元。」

我把信用卡摔在桌上，「要了。」

「了解，」他說，但顯然有點嚇到了。「我恐怕得先確認一下你的信用狀態。」

「儘管去。」

他消失了幾分鐘，回來時滿臉微笑。塑膠貨幣可以為你贏來最虛偽的尊敬。

「一切都沒問題，霍松先生。我該請門房替你把行李拿上去嗎？」

「這就是我的行李，」我指著我的簡易小包。他很努力地保持一貫的冷靜。

「還能為您提供什麼服務嗎？」

「牙刷、牙膏、刮鬍用具。」

「您的行李真輕便，」他說。

「可以給我鑰匙了吧，多謝。」

「沒問題，先生。」

這間套房就像是路易十四的玩具房。家具全是洛可可風格，上面鑲有金葉子，床則有足球場這麼大。我脫下衣服，穿上旅館的浴袍，把髒衣服交給送來盥洗用具的服務生。他保證明早就會把衣物洗淨燙平。

然後我開始淋浴，熱水溫度正好，水壓如針尖刺入皮膚。我花了至少半小時才洗完。畢竟要洗掉的東西實在太多了。

我累得什麼也吃不下，於是直接爬進雪白僵硬的床單中，灌下一瓶從迷你吧檯拿來的迷你蘇格蘭威士忌，幾分鐘內就睡著了。

沒有出現恐怖的夜間幻覺，沒有閃現過往的殘暴場面，甚至沒有噩夢。一夜好眠的夜晚，真正屬於死者的睡眠。等到終於醒來後，我先是享受了幾分鐘的迷茫狀態，然後再次被恐懼襲擊。安姬。雞舍。死袋鼠。老爹。克莉斯朵。尤其是克莉斯朵。

你是認真的嗎？當我提議一起去波士頓時，她這麼問了。

是呀，我是認真的，我說。生平第一次，我這麼說了。

要怎麼和不停存在的疼痛相處？只能繼續相處下去吧，我想。你得想辦法撐過每一天。那就從今天開始。

我叫了一頓超級豐盛的早餐，又洗了一次好長的澡，然後換上剛洗乾淨的衣物，去旅館的理髮廳，把糾結了九個月的亂髮剪掉。我付完帳，走過伯斯鬧區充滿高樓大廈的城市峽谷，然後遇見自從離開達爾文後的第一座紅綠燈。我走進「美國運通銀行」，表示自己意外遺失了六千五百美元的旅行支票。行員聽到金額後雙眼圓瞪。我遞上退款證明。有人致電雪梨總部，然後用電腦花了一小時確認我的支票序號。我得填一些表格，同時有一名行員對我進行了「未來小心保管旅行支票」的講座。不過到了最後，錢總算是退回來了。於是我離開銀行，對於雷思沒有兌現我被迫簽名轉讓的旅行支票，感到不可思議——直到看見顯示板上列出的匯率。自從我消失在沃拉納普之後，美金兌換澳幣的匯率跌了將近一半。這群貪婪的雜種顯然想等匯率回升後再把支票兌現。

下一步是去旅行社。我遞出機票，希望他們替我訂下一班到倫敦的機位，之後便能直接轉機回波士頓。她把號碼打入電腦，然後告訴我一個壞消息：那天下午有一班四點四十五分的班機，但經濟艙已經客滿。

「替我訂商務艙，」我說。

「要另外加一千三百七十五元，先生。」

又一次，信用卡被我摔上櫃檯桌面。

「刷吧，」我說。

接下來幾個小時，我坐在一間光線逐漸變暗的酒吧，緩慢地啜飲了好幾杯啤酒。保持低調，消磨時間。到了約下午三點時，我拜託酒吧老闆叫了輛計程車到機場。三十分鐘後，我已經在機場完成報到手續，並走在前往商務艙休息室的路上。我打算在那裡一直躲到開始登機廣播為止。但首先，我得先經過移民檢查站。

檢查官是一位大約五十多歲的憔悴男子，胸前口袋有一個塑膠夾筆板——所謂的書呆子夾板。他用手指翻過我的護照，冰冷的公務員眼神不停地仔細觀察我，然後又花了很長的時間瞪著護照上的照片。我看著他每翻一頁就舔一下手指，終於在有澳洲簽證和入境章的那頁停下來。他瞇起眼睛，細薄的嘴唇抿緊，然後又翻回第一頁，再次看我的照片，用令人心裡發寒的眼神又瞄了我一眼。然後他從座位上起身，「請在此稍等。」

我努力保持冷靜，但幾乎可以感覺到手掌逐漸布滿汗水。

「有問題嗎？」我的聲音非常微弱。

「是的，」他回答後立刻轉身往走廊的另一端走去。

五分鐘後，他回來，身邊又多了兩個人：一位身穿深色西裝的削瘦年長男子，似乎也是檢察官，另有一位穿制服的機場警衛。我臉色發白，覺得自己快要不行了，彷彿死期就在眼前。他們知道了！他們還是發現了。說不定雷思沒有回到沃拉納普，反而立刻前往卡爾古利，不只報警，還謊稱是我殺了老爹和克莉斯朵。這下我要如何脫身……或者如何解釋之前九個月的行蹤？就算警方真的相信我的說詞，但我還是得為老爹的死付出代價。他們會相信我是出於自衛嗎？有可能……或許還會減短我的刑期。剩下十年之類的。那我直到五十歲都得困在這個該死的國家？不行，不行。拜託，噢，拜託，只要讓我上那班飛機，我保證——以性命擔保——你們永遠都不會在此地再次看見我。

深色西裝男子手上拿著我的護照。

「你是……」他打開護照封面，盯著我的名字。「……霍松先生。尼可拉斯．湯馬斯．霍松？」

「出了什麼問題嗎？」我問。

「請跟我們來。」

「但是，為什麼……？」

身穿制服的警衛走到我身後，用手指輕推我。

「請往這裡走。」

深色西裝男子帶路，警衛押後，我被他們夾在中間。我們走過了三條走道，然後到了一個四周滿是養兔場般小辦公間的地方；每一個辦公間都有一扇毛玻璃門。深色西裝男子用鑰匙打開其中一扇門，按開日光燈，指示我坐在一張有靠背的金屬椅上，自己則坐在一張金屬桌背後。警衛站在門口。

「你是……霍松先生，現在，」深色西裝男子說。「我想你應該知道自己為何在此？」

我什麼也沒說，只是把眼神投往鋪了老舊亞麻地毯的地面。深色西裝男子不耐煩了。

「請回答問題。你知道自己為何被拘留在此嗎？」

「是的，先生。」

「你知道自己已經違法，且罪行嚴重嗎？」

我從頭到腳打了個冷顫，得用力握拳才能克制自己不要發抖。

「根據澳洲法律，你可以要求律師在場。不過，要是你願意直接回答一些問題，我們可以不必這麼做。你願意配合嗎？」

我點頭表示同意。

「很好，」深色西裝男子從桌子的抽屜中拿出一疊表格。

「那麼，霍松先生，是否可以請你解釋……為何你比旅客簽證核准的時間還多停留了六個月？」

我不可思議地眨眨眼，然後聽見自己開口，「什麼……」

「你在九個月又三天前入境達爾文，當時持有的是『六－七〇旅客簽證』，雖然可以重複累積旅行天數直到一年，但每次入境只能停留三個月。然而這次，你已經超過六個月又三天了……違反了澳洲移民法。」

中大獎了。**快裝傻，快裝傻**，我告訴自己。

「所以這才是你們拘留我的原因？」我問，盡力讓自己聽起來像是剛剛才進入狀況。深色西裝男子更不耐煩了。

「是的，霍松先生，此地移民法的運作狀況正是如此。如果你超過了簽證核准的時間，就會在離境時被拘留。那麼，是否可以解釋一下，你為什麼沒有申請延長簽證時間呢？」

我繼續裝傻。我說我從未仔細閱讀簽證上的小字，所以以為一年內都有效。深色西裝男子說我應該更小心才對。我說我在旅行方面缺乏經驗——畢竟我的護照上多年來還只有這個到澳洲的簽證章。然後他又向我丟來一大串問題：我的職業、我旅行時間這麼長的原因、去了哪裡？（「達爾文、金柏利，然後有好幾個月都在布魯姆紮營。」）現在是要回去工作嗎？（「俄亥俄州亞克昂的《烽火報》要我下週一開始上班。」）在澳洲有打工並領取薪水嗎？他似乎對於我的答案感到滿意，甚至開始相信我是一個「天真的觀光客」。然而最後還有一件事得確認。深色西裝男子拿起電話致電聯邦警方。

「霍松，尼可拉斯．湯馬斯；美國護照號碼L8713142。有任何登記在案的紀錄嗎？」

幾分鐘過去了。終於，深色西裝男子小聲咕噥，「我明白了，」接著放下話筒，眼睛瞪著我。「警方……不覺得有必要找你問話。」

我要很努力才能掩飾自己鬆了一口氣的情緒。

「但我們仍然有權拘留你。事實上，也有權因為你違反移民法而進行逮捕。當然，除非你同意簽署自願歸國證明。」

「那是什麼意思？」

「你會簽署一份文件，承認自己待在此處的時間超過簽證核准的時間，並同意在接下來的三十六個月不再申請澳洲簽證——在此同時，你也會被拒絕入境。」

「要在哪裡簽名？」我問。

文書作業結束，但我仍被留在審訊室中，直到最後的登機通知響起。身穿制服的警衛護送我到登機門。休息室已經空了，我是最後一位登機的乘客，所有地面人員都在等我。警衛終於把護照和登機證還給我。

「下次請遵守規則，」他說，「如此一來，要從澳洲出境就容易多了。」

我很想說：「規則？朋友，有聽過沃拉納普的規則嗎？」但還是決定保持沉默。我得登上那班飛機。

他們檢查了我的登機證，我的護照，並護送我到空橋，還替我帶位——那是一張巨大的軟椅——然後遞給我一杯香檳。七四七開始在跑道上移動，我則一直在想：這架飛機可能會在停機坪上突然停下來，然後我們回到航空站，然後我會被逮捕。因為我有罪。我實在犯下太多罪了。

但飛機仍在跑道上踽踽而行。然後我們飛上天空。沒過幾分鐘，城市消失，土地只剩一片赤紅。

我喝了更多香檳。就這樣半躺在座位上。卡費繳完後，還會剩下四千多美元，已經足以讓我重新開始了。我不會去亞克昂，不會接受那份被我放棄的工作，不會再鑽牛角尖，不會再把自己逼入死胡同，當然也不會再漫無目的地漂蕩。我已經花了一輩子追尋稍縱即逝的逸樂，逃避所有可能讓我覺得困難的義務。我已經當過一次「自由人」了，自由得甚至在這個世界中獨自消失了九個月。沒有人在意。除了克莉斯朵——而她又太在意了，可我根本不配讓她為我犧牲。我曾經無牽無掛，但最後卻對孤獨與無根的狀態感到恐懼。不知道是誰曾經說過，無法付出承諾的人生根本沒有意義？某個自以為是的蠢蛋吧，絕對是……但那傢伙確實說出了真理。

我又喝了三杯香檳，然後沉沉睡去。睡了好幾個小時。一個場景閃過我緊閉的眼前。我是一個六十歲的男人——一個退休教師，安靜地住在緬因州的一個小海港邊。那時是冬天。我坐在客廳的壁爐旁，一邊看雜誌一邊喝當晚的第一杯威士忌。有人敲門，我應門。外面是一個大約二十歲的孩子，他髮長及肩，一隻手臂上掛了個背包，寬邊的叢林帽上滿是積雪。那孩子長得跟我一樣，但卻擁有標準的澳洲口音。

「日安，爸，」他說。

從他身後的陰影中走出一個浮腫的女人，年紀大約四十出頭。她的金髮已經完全變灰了，臉上帶著不懷好意的微笑，嘴裡只剩三顆牙。孩子伸出雙手抱住她。

「也跟媽問聲好……」

我感覺有一隻手在用力搖晃我的肩膀。

「先生，先生，先生！」那聲音愈來愈大聲。

我猛然醒來，一位空服員正站在身旁，表情看來非常憂慮。

「你剛剛在尖叫，」她說。

「真的嗎？」

「非常大聲。」

「噢。」

「你還好嗎？」

「我……沒事。」

她給了我一個大大的微笑，露出潔白的牙齒。「你一定是做了個噩夢。」

噩夢？他們就是這麼稱呼的嗎？

國家圖書館預行編目資料

死亡之心／道格拉斯．甘迺迪（Douglas Kennedy）著，葉佳怡譯.
-- 初版. --臺北市：寶瓶文化, 2013. 08
面； 公分. --(Island；207)
譯自：The Dead Heart
ISBN 978-986-5896-39-3 （平裝）

874.57 102015829

Island 207

死亡之心

作者／道格拉斯．甘迺迪（Douglas Kennedy） 譯者／葉佳怡
外文主編／簡伊玲

發行人／張寶琴
社長兼總編輯／朱亞君
主編／簡伊玲．張純玲
編輯／禹鐘月．賴逸娟
美術主編／林慧雯
校對／禹鐘月．陳佩伶．呂佳真
企劃副理／蘇靜玲
業務經理／盧金城
財務主任／歐素琪 業務助理／林裕翔
出版者／寶瓶文化事業有限公司
地址／台北市110信義區基隆路一段180號8樓
電話／(02)27494988 傳真／(02)27495072
郵政劃撥／19446403 寶瓶文化事業有限公司
印刷廠／世和印製企業有限公司
總經銷／大和書報圖書股份有限公司 電話／(02)89902588
地址／台北縣五股工業區五工五路2號 傳真／(02)22997900
E-mail／aquarius@udngroup.com

法律顧問／理律法律事務所陳長文律師、蔣大中律師
如有破損或裝訂錯誤，請寄回本公司更換
著作完成日期／一九九四年
初版一刷日期／二〇一三年八月
初版二刷日期／二〇一三年八月三十日

ISBN／978-986-5896-39-3
定價／三〇〇元

AQUARIUS 寶瓶文化事業

愛書人卡

感謝您熱心的為我們填寫，
對您的意見，我們會認真的加以參考，
希望寶瓶文化推出的每一本書，都能得到您的肯定與永遠的支持。

系列：Island207　　**書名：死亡之心**

1. 姓名：＿＿＿＿＿＿＿＿　性別：□男　□女
2. 生日：＿＿年＿＿月＿＿日
3. 教育程度：□大學以上　□大學　□專科　□高中、高職　□高中職以下
4. 職業：＿＿＿＿＿＿＿＿
5. 聯絡地址：＿＿＿＿＿＿＿＿＿＿＿＿＿＿＿＿＿

   聯絡電話：＿＿＿＿＿＿＿＿　手機：＿＿＿＿＿＿＿＿
6. E-mail信箱：＿＿＿＿＿＿＿＿＿＿＿＿＿＿

   □同意　□不同意　免費獲得寶瓶文化叢書訊息
7. 購買日期：＿＿年＿＿月＿＿日
8. 您得知本書的管道：□報紙／雜誌　□電視／電台　□親友介紹　□逛書店　□網路　□傳單／海報　□廣告　□其他
9. 您在哪裡買到本書：□書店，店名＿＿＿＿＿　□劃撥　□現場活動　□贈書　□網路購書，網站名稱：＿＿＿＿＿＿　□其他＿＿＿＿＿
10. 對本書的建議：（請填代號　1.滿意　2.尚可　3.再改進，請提供意見）

    內容：＿＿＿＿＿＿＿＿＿＿＿＿

    封面：＿＿＿＿＿＿＿＿＿＿＿＿

    編排：＿＿＿＿＿＿＿＿＿＿＿＿

    其他：＿＿＿＿＿＿＿＿＿＿＿＿

    綜合意見：＿＿＿＿＿＿＿＿＿＿＿＿＿＿＿＿＿＿＿＿
11. 希望我們未來出版哪一類的書籍：＿＿＿＿＿＿＿＿＿＿＿＿＿＿

讓文字與書寫的聲音大鳴大放

寶瓶文化事業有限公司

（請沿此虛線剪下）

廣 告 回 函	
北區郵政管理局登記	
證北台字15345號	
免貼郵票	

寶瓶文化事業有限公司 收

110台北市信義區基隆路一段180號8樓

8F,180 KEELUNG RD.,SEC.1,

TAIPEI.(110)TAIWAN R.O.C.

（請沿虛線對折後寄回，謝謝）